Kunststürze©

Herstellung: Libri Books on Demand

ISBN 3-89811-613-1

Inhalt

Tauben

Heute zieht eine unverhüllte Mittagssonne ihre flache Bahn über den Horizont. Leichte Schleierwolken hängen über den Bergen. Der See liegt ruhig da. Die frische Luft lockt nur noch wenige Menschen um diese Jahreszeit ins Freie. Der Stadtpark wird nur von wenigen Touristen und Pennern aufgesucht. Man ist unter sich. Der städtische Gärtner und ein Kollege fegen das frische Laub zusammen. Die mächtigen Bäume um den Konzertpavillon haben sich in den letzten Tagen ein neues, buntes, freundliches Kleid zugelegt, dessen sich nun langsam die kommenden Herbstwinde annehmen werden. An der Uferpromenade ziehen spielend ein paar Enten und Erpel vorbei. Die meisten Parkbänke sind leer.
Mit gemütlichem Schritt spaziert der Herr seine morgendliche Runde ab. Nach dem Frühstück soll man ruhen oder tausend Schritte tun. Ein ruhiges Leben hat er sich nie geleistet. Ein Mann von Welt ist er, hat studiert und eine bescheidene, aber anerkannte Karriere durchlaufen. Auch nach seiner Pensionierung und seinem Ausscheiden aus der lokalen Politik ist er immer noch gut informiert. Auf seinen Rat und seine Meinung legt man noch Wert. Man sieht ihm an, zu was er es gebracht hat. Der gute Lodenmantel mit passendem Hut

zeigen, daß er auf sein Äußeres sehr achtet. Der Schnauzbart ist immer akkurat gestutzt und die Krawatte perfekt gebunden. Wenn er tief Luft holt, spürt er die Frische seiner Stadt. Seinen Ruhestand hat er sich wohl verdient und er genießt das Ansehen, das ihm entgegengebracht wird, zu Recht.

Gemächlich schreitet er mit stolzem Gang in Richtung Park. Ein Postbote kommt ihm auf dem Fahrrad entgegen. Mit einem dezenten, aber sehr freundlichen Kopfnicken grüßt man sich. Auch den Gärtnern, die das gefallene Laub gerade auf ihren Karren verladen, winkt er freundlich mit einem Lächeln zu. Man kennt sich halt, wenn man jeden Tag hier seine Runde dreht. An der Abzweigung begegnet er der Witwe des Oberstudienrats Meier, ein ehemaliger Parteigenosse. Wie er selbst ein gradliniger Mann mit Prinzipen. Man grüßt sich freundlichst und tauscht Befindlichkeiten aus. Weiter geht es, vorbei an einem jungen Pärchen. Die sind unfreundlich, nicht von hier und überhaupt: um diese Zeit sind ordentliche Menschen bei der Arbeit. Er muß sie nicht beachten, wird auch nicht grüßen. Ein Herr von seinem Stand, der es zu etwas gebracht hat, steht über diesen Dingen.

Eine andere Dame kommt entgegen, führt ihren herzigen schwarzen Pudel aus. Sie wird gegrüßt und der Spaziergang fortgesetzt. Auf der freien Bank, die nun vor ihm in Sicht kommt, wird er ein kleines Päuschen

einlegen, wie immer. Etwas die schöne, friedliche Aussicht und Atmosphäre genießen. An einem so schönen Herbsttag, kann er tief und befreiend Luft holen. Er genießt die Freiheit, die er hat, jetzt das zu tun, was er will. Ohne darauf Rücksicht zu nehmen, was andere von ihm denken.
Die Parkbänke sind dieses Jahr frisch renoviert worden. Es macht ihm sichtlich Freude, sich darauf für ein paar Minuten niederzulassen. Ein paar Meter von ihm entfernt suchen eine Hand voll Tauben kleine Häppchen. Es sieht witzig aus, wie die grauen, dicklichen Vögel beim Gehen mit ihrem Kopf hin und her wippen. Viele Menschen mögen diese Tierchen, ihr Gurren und ihr freundliches Umherschwärmen. Ein Lächeln liegt dem Herrn heute wieder im Gesicht. Es ist ein so schöner Tag. Aus seiner Tasche holt er eine kleine Papiertüte heraus. Die Tüte nimmt er immer mit, wenn er in den Park geht. Mit seinen in feine schwarze Lederhandschuhe gepackten Hände öffnet er die Tüte und wirft den Tauben ein paar der mitgebrachten Brotkrümel hin. Schnell entfacht sich ein lustiges Schauspiel. Die Tauben flattern umher, laufen wie im Ballett um die Stelle herum und versuchen die Krümel aufzupicken. Auch andere Tauben kommen schnell vom Treiben angelockt herbei. Er wirft ihnen gerne noch eine weitere Hand voll Krümel hin, die eifrig und schnell aufgepickt werden. Wieder und

wieder gibt er dem immer größer werdenden Schwarm die mitgebrachten Krümel. Er hat richtig seine Freude dabei. Man könnte fast sagen, das Füttern der Tauben ist der Höhepunkt seines Spazierganges, fast schon des Tages.

Nun wirft er mit einem heiteren Lächeln die letzte Hand voll Krümel zu den Tauben. Es entzückt ihn, wie sie die Krümel fressen und er daran denkt, daß in ein paar Stunden wieder einige von ihnen am Gift verrecken werden.

Gedanken beim Kaffeetrinken

Ich sitze an einer schummrigen Bar, das Licht ist gedämpft. Noch ist mir kalt, denn der Herbst zeigt in den vergangenen Tagen immer mehr sein kalte, unfreundliche Fratze. Wäre es nicht schön, wenn er heute ein wenig freundlicher gesinnt gewesen wäre?
So ziehen die Tage dahin, sind voll von unnötigem, nervenaufreibendem Warten. Irgendwie habe ich das Gefühl, daß mich dieses Warten krank macht, in mir eine tiefe, endlos tiefe Leere hervorruft. Wenn ich in den schwarzen Kaffee blicke, kommt es mir geradeso vor, als ob ich in einen tiefen Brunnen schaue, ein Loch, in das man sich nur allzu gerne verziehen würde.
Ja, dunkel ist es geworden, doch die Stunden dieses Tages vergehen einfach zu langsam. Aber auf was warte ich denn überhaupt? Daß der Artikel in der Zeitung lustlos gelesen an meinen Augen vorbeizieht? Ich habe keine Ahnung, und doch brodelt es in mir. Diese Lust zu Leben, ein Leben, von dem ich nur all zu oft denke, es sei vergeudet. Mir ist einfach nur noch in der Seele schlecht.

Ob ich noch etwas bekomme? Ja, noch einen Kaffee, oder doch was anderes, eigentlich ist mir das doch egal. Hauptsache die Zeit verfliegt, die Stunden gehen um, noch ein

Tag, noch eine Woche, alles ohne noch den leisesten Sinn zu verspüren.

So zieht die Zeit an mir vorbei, denke ich, und ich bin auf einer Flucht. Wahllos schwirren Gedankenfragmente in meinem Kopf umher. Zeitweise ist mir davon so schwindelig, daß ich denke meine Magenschmerzen könnten doch davon kommen. Es ist aber wohl eher der Kaffee, ein Zeitvertreib oder vielleicht doch die Zigarillos? Noch so ein Laster, das ich nur allzu gerne verleugne.

Was ist es, das mich umtreibt? Gesellschaft, nach der ich mich sehne, sie aber trotzdem verachte, mich dagegen sträube. Langsam kommen mehr Gäste ins Café. Alle sind so motiviert, haben sich vorgenommen einen erfüllenden Abend zu verleben, bilde ich mir zumindest ein. Smalltalk nennt sich das. Smalltalk – hmm. Schmales Gerede? Überall die Dinge, die das moderne Leben doch so amüsant macht „Hast Du schon gehört,..." oder „Nein, was Du nicht sagst...", Fragmente die mir wie Dunstschwaden entgegen fliegen. Mal klingelt ein Handy, mal lacht, nein gackert eins von diesen jungen Dingern, aufgeputzt, als ob es darum ginge, einen Maskenball der Rocky Horror Picture Show zu gewinnen, ein Modepüppchen. Gibt es so was überhaupt?

Nein, ich denke nicht. Die Gestalten die mich umgeben spielen ein Spiel. Spielen sich selbst auf der großen Bühne des Lebens. Ach wie gut kann ich das nachvollziehen. Auch ich spiele. Ich spiele mich, gebe dabei wohl aber eher eine traurige Figur ab.

Ich fliehe in den kalten Nebel, der meinen Geist umhüllt. In Gedanken bin ich frei, rede ich mir ein, spiele mit einer anderen Welt, ohne sie zu berühren. Ohne es in die Hand zu nehmen. Nein, diese Illusion ist zu wertvoll und zu zerbrechlich, als daß ich sie durch eine unachtsame, harte, ungestüme Berührung zerplatzen lasse. So voll Leben, nach dem ich mich sehne. Grün, wachsend und voller Energie ist sie. Reine Lust, Lebenslust ist sie, nach der ich mich doch so sehr sehne. Nein ich darf jene Welt nicht berühren. Ich werde sie weiterhin nur betrachten, vorsichtig, wie ein Voyeur, der vor eine Mattscheibe oder hinter einer verspiegelten Scheibe sitzt. Die Bilder in meinem Kopf zerfließen, als mich die andere Welt wieder sanft berührt und mich zurückholen will.

„Ja, noch einen Milchkaffee bitte."

Und wieder sind die Gestalten da, die sich so wie ich auch selbst in diesem Drama spielen. Sie sitzen da und feiern sich selbst, reden miteinander und sind so ausgelassen. Gibt es da keine Probleme? Nein, alles ist so einfach, so klar strukturiert. Emotionale Sachlichkeit fällt mir da ein. Ein Konstrukt aus Zeitgeist und Egozentrik. Geht in ihnen nicht das gleiche vor wie in mir? Wenn ja, dann scheine ich doch etwas falsch zu machen. Denn wenn ich mich im Spiegel hinter dem Tresen sehe, dann sehe ich eine Person, die sich sichtlich abmüht ausgelassen zu wirken, die aber so klar und deutlich in die Welt hinaus projiziert, daß sie eigentlich mit sich nicht zufrieden ist.

Die Außenwelt und das Konstrukt in mir, in meinem Geist, dem ich mich nur allzu willig hingebe, stehen sich feindlich gegenüber und wollen doch im Einklang sein. Ich will das Leben aufsaugen, bis es mir in die tiefste Zelle geströmt ist und mich vollends auffüllt. Und dennoch nehme ich diesen Trunk als bitter wahr. Mir schaudert bei dem Gedanken, daß mein Leben so aussieht.

Ich bin von dieser Szenerie berauscht. So absurd es doch sein mag, ich bin hier allein und doch sind hier genügend Menschen um mich, die mir das Gefühl geben, der Raum sei nicht leer, sondern voll von Leben. Aber dennoch drückt diese Einsamkeit, die nicht nur ich empfinde, sondern wahrlich in der Luft hängt, hinter den Masken der Gäste hervor, greift mich an.

Ich nehme den Zuckerspender. Ein wenig Zucker gehört schon in den Kaffee. Auch wenn er eigentlich ungesund ist. Das ist mir schon klar und ich habe sofort ein schlechtes Gewissen. Ein bißchen Zucker, ein bißchen Konsum, ein bißchen Ablenkung, ein bißchen

Selbstbetrug ist es, dem ich mich hingebe. Sich rechtfertigen ist schon etwas Merkwürdiges. Man hat das Gefühl, man tut etwas, nach dem einem wirklich ist. Man geht einem echten Gefühl nach. Doch wie jedes Ding hat es seinen eigen Schatten. In diesem Schatten der Dinge, die ich tue, die ich mir selbst aussuche, bleibe ich aber stehen. Ich trete mit dem, was ich tue, nicht ans Licht. Ich verstecke mich vor dem Licht, das mich eigentlich, so stelle ich es mir zumindest vor, einlädt, das was ich tue in meine Seele aufzunehmen, mich damit erfrischend zu tränken. Wie sehr würde es mir gut tun, meine Gefühle mit neuem Leben aus meinen Taten zu erfrischen. Aber ich kann es nicht, nicht jetzt. Denn jetzt ist die Zeit des Nebels.
Draußen in den Straßen ist er, hier im Café als Rauchschwaden und Gemurmel von Stimmen und natürlich in meinem Geist, der nicht zur Ruhe kommt. Dessen Phantasien mir keine Ruhe gönnen. Eine Ruhe, die ich brauche, nach der ich mich sehne und vor der ich fliehe. Immer neue Gedanken sind es, die mich umher treiben.

Gut! Fange ich noch mal von vorne an. Ich muß mich fragen, warum ich gerade jetzt hier in diesem Café bin. Eigentlich ist das doch ganz einfach, muß ich mir dann eingestehen. Ich habe gerade nichts Besseres zu tun. Und es bereitet mir etwas

Freude, nein eher Spaß, anderen Menschen bei ihrem Treiben zuzusehen, die Atmosphäre des Augenblicks zu genießen, der Musik zu lauschen und den gesüßten Kaffee zu nippen. Vielleicht gönne ich mir noch eine Zigarette, denn die schwereren Dannemann sind mir in den letzten Wochen öfters auf den Magen geschlagen. Das ist sehr unangenehm. Ich esse wohl etwas wenig zur Zeit.

Und dann ist da noch die Schönheit der anderen sich Herumtreibenden, die Ausstrahlung, mit der sie den Raum fluten. Ich spüre dann in mir die Gefühle, die ich mir eigentlich nicht zugestehe. Ich will dann in der Szene, in der Atmosphäre aufgehen. Trotz der gemeinen Kälte wird mir dann warm. Mit frechem Interesse schaue ich dann den jungen Damen nach. Nicht den aufgeplusterten Zicken, nein, den netten, die ein ganz anderes Spiel hier auf der Bühne präsentieren. Ich sitze im Publikum und lasse mich von diesem Akt erfreuen. Wenn man dann mit einem Lächeln auf den Lippen gefragt wird, ob man noch etwas bestellen möchte, kann man da überhaupt noch widersprechen? Es fällt mir dann schwer, mich wieder zu besinnen. Sinne, die im Hintergrund wieder anfangen zu nagen. Gedanken, die sich drängend darum bemühen, bei jeder sich bietenden Gelegenheit wieder aus dem Geist hervor in mein Bewußtsein zu dringen. Und dann

irgendwann, wenn ich es eigentlich gar nicht bemerke, gar nicht die Chance dazu habe, fangen sie mich wieder ein. Eine Illusion ist es, ein anfängliches Kribbeln, das langsam aufsteigt und immer mächtiger wird. Dann ist es passiert. Das Gefühl schwindet und der Verstand gewinnt wieder die Oberhand. Er diktiert und er lenkt die Geschicke. Meine Geschicke und die aller anderen. Er lenkt die ganze Welt. Bis in das kleinste Detail dringt er vor. Er kontrolliert das Schauspiel, das wir Leben nennen. Nur eins kann er bei mir nicht erreichen. Meine kleine Maskerade im Inneren. Meine eigene Illusion, der ich mich hingebe. Warum sollte ich auch so funktionieren, wie er es will? Wenn ich schon nicht über mich selbst bestimmen kann, dann will ich mich wenigstens meiner eigenen Illusion im Geist hingeben.
Meine eigenen Gedanken, Wünsche und Sehnsüchte sollen mich dann bestimmen. Manchmal kommt es mir dann geradezu paradox vor, wenn ich bewußt erkenne, daß ich mich in eine trügerischen Innenwelt zurückziehe, mein Leben doch nur allzu leicht in die Hand nehmen könnte, es dann aber doch nicht tue, mich bewußt dagegen entscheide.

Jetzt lasse ich wieder den Blick durch den Raum schwenken. Bleibe an Details hängen, die mich geradezu faszinieren könnten. Vor den Fenstern stehen die Blumen. Es sind

wirklich prächtige Blumensträuße. Man legt hier sehr viel Wert darauf, daß das Ambiente stimmt. Gerade in den letzten Wochen ist mir das besonders aufgefallen. Die Atmosphäre soll wohl wärmer werden und andere, neue Gäste anlocken, denn die Konkurrenz in der Stadt hat in den letzten Jahren merklich zugenommen. Es sind große Sträuße. Meist sind es Orchideen, hellerer Schattierungen mit großen Stielen. Sonst würden sie in den hohen, weitläufigen Vasen nichts hermachen. Jede Woche vier bis fünf neue Sträuße. Jeder alleine für sich kostet schon Unmengen. Blumen sind wirklich teuer, wenn man darauf Wert legt.
Vor einiger Zeit habe ich einen Tisch für mich ausgewählt, der etwas zu nahe an einem Strauß stand. Der Geruch war wirklich betörend, fast schon zu aufdringlich. Und dennoch hat er sich gut in das Gesamtbild eingefügt. Da sind dann noch die schweren Vorhänge, welche die Bogenfenster verhängen. Warum das hier so gemacht wird ist mir schleierhaft. Ich fände es netter, wenn man von draußen gesehen wird. Man kann dann natürlich auch besser selbst auf die Straße schauen und sieht früher wer hineinkommt, wer als nächster die Bühne betritt. Es ist schon interessant, wer hier fast jeden Abend anzutreffen ist. Viele sind Stammkunden, die sich alle kennen und schnell in ein Gespräch geraten, das sie amüsiert. Ich frage mich, ab wann man

Stammkunde ist. Vielleicht, wenn man diejenigen kennt, die man immer mal wieder mit dem Wirt plauschen sieht. Oder erst, wenn man den Wirt selbst so gut kennt, daß er einen persönlich begrüßt? Mein Interesse ist geweckt. Schnell stelle ich eine Rangordnung zusammen. Wer bekommt heute die Hauptrolle und wer bekommt eher eine Nebenrolle? Irgendwie bin ich stets Statist in der Hierarchie. Nein, eigentlich bin ich nicht einmal dies. Meine Rolle ist die des beobachtenden Zuschauers. Ich agiere nicht. Ich interagiere höchstens mit der Zigarette zwischen den Fingern und dem Kaffee auf dem Tisch, an den ich mich mittlerweile gesetzt habe. Es wird voller. Interaktion ist doch etwas Tolles. Das ist modern. Alle agieren miteinander. Neue, moderne Spielregeln.
Nein, ziehen sie nicht über Los, ziehen sie nicht viertausend Mark ein, fällt mir da spontan ein. Ich bin ein Spieler.

Vielleicht bin ich auch nur maßlos und kann es mir nicht eingestehen und dies gehört zu meinen Kampf um meine Freiheit, die ich irgendwann vor ein paar Jahren mal verloren habe. Eine Freiheit, die der Jugend vorbehalten zu sein scheint, zu der ich nicht mehr gehöre und auch nicht mehr gehören will. Auch wenn ich manchmal dieses Verlangen verspüre, welches man selbstverständlicher Weise mit diesem jugendlichen Elan verbindet, den man nicht mehr zu haben scheint.

Merkwürdig ist nur, daß es gerade die Zeit ist, die mich in diese Situation hinein treibt. Ich sehne mich danach, daß die Zeit mich mit ihrem Verstreichen weiter fort bringt. Und gerade die Zeit, die ich dadurch verliere, ist es, die mich immer mehr von den Gefühlen hinweg trägt, die ich eigentlich festzuhalten versuche. Wenn ich so die Zeit verstreichen sehe, muß ich mir eingestehen, daß ich mich schon sehr weit von dem entfernt habe, mit dem ich mich noch vor einer Hand voll Jahren identifiziert habe. Erst gestern wurde mir in einem Gespräch gesagt, daß sich die Zeit immer schneller bewege und deshalb auch die Menschen sich immer schneller verändern würden. Das Gefühl für den Zeitfluß bleibt dabei natürlich konstant. Und da ich mich nun schon ein paar Jahre von meinem Ausgangspunkt entfernt habe, bin ich jetzt schon so anders geworden, oder auch die Nachfolgenden, daß ich nichts, aber auch gar nichts mehr mit jenen gemeinsam habe, zu denen ich mich eigentlich noch am liebsten zugehörig fühlen würde. Doch bei jedem Annäherungsversuch muß ich jetzt merken, oder ich rede es mir jedenfalls ein, daß ich nun zu dem Gegner geworden bin, gegen den ich noch selbst vor ein paar Jahren gerne ins Feld gezogen wäre. Und dennoch der Reiz ist unverkennbar in mir.

Genau wie der Reiz, den die Neue auf mich ausstrahlt, ich meine die neue Bedienung, die seit zwei Wochen an zwei Abenden hier arbeitet. Sie hat noch reichlich Probleme damit, sich die Getränkepreise zu merken. Es ist irgendwie herzlich, wie sie dann in der Karte nachschauen muß, um die Rechnung zusammenzustellen. Es ist aber nicht die Art von Herzlichkeit, wie wenn man etwas aus einer überlegenen Distanz heraus betrachtet, ich könnte mir kaum die Preise an vier Abenden merken. Es ist vielmehr diese ehrliche Unbeholfenheit und dieses freundliche unbefleckte Lächeln, mit dem sie sich dafür entschuldigt. Oder der Blick, wenn sie schon zum sechsten Mal an diesem Abend den Aschenbecher gegen einen neuen, leeren austauscht. Sie strahlt dann so viel Wärme aus, daß man sich schüttelt, wenn man aus dem Vorhangschlitz einen Blick auf den Regen erhascht, der mittlerweile eingesetzt hat. Auch sie ist ein Grund, warum ich wohl noch so manche Stunde meiner Flucht in diesen Räumen verbringen werde.

Im Moor

Irgendwie hatte ich bei der ganzen Sache von vornherein kein gutes Gefühl, aber auf mich will man ja nicht hören. Nichtmal Gummistiefel habe ich an. Diese Mistbrühe sabbert mir schon zwischen den Zehen. Meine Füße sind kalt und die Schuhe definitiv am Arsch.
Werner, Werner steht sich neben mir die Beine in den Bauch. Man sieht ihm wenigstens die Scheiße an, die wir hier treiben. Er reibt sich die Hände und fröstelt, tippelt aufgeregt im Schlamm hin und her. Sein Atem kondensiert sofort in der kalten Nachtluft. Mein Gott, da stehen wir drei, entweder die größte Lachnummer aller Zeiten, oder eine nicht enden wollende Tragödie. Ich weiß nicht, soll ich lachen oder weinen? Am liebsten würde ich mich hinter dem nächsten Gestrüpp krümmen und gehörig abkotzen.
Ich sollte besser in das Loch leuchten, meinte der Große. Und Waschlappen seien Werner und ich, das Letzte, was ihm über den Weg hätte laufen können. Na toll, denke ich und wem haben wir denn den ganzen Mist zu verdanken, letztendlich? Erbärmlich sieht er aus der Große, genauso wie wir und genauso wie ich mich jetzt fühle. Wie er da im Matsch ein Loch gräbt, mit dem

Klappspaten. Daß jemand so was überhaupt im Kofferraum mit sich herum kutschiert.

Mein Herz schlägt schneller und ich bekomme in der feuchtkalten Luft kaum noch Luft und weite mir den Kragen. Werner glotzt mich an und unsere Blicke treffen sich. In seinen Augen sehe ich die Angst und die Verzweiflung. Er blickt zu dem neben uns liegenden Bündel und muß sich schütteln. Ich blicke zwischen Werner, dem Großen und dem Bündel hin und her und frage mich, wie es nur so weit mit mir kommen konnte. Ein fester Griff umpackt mein Herz immer mehr. In meiner Speiseröhre steigt Säuerliches unaufhaltsam empor und frißt sich in meine Schleimhäute hinein. Mir ist schlecht und in der Dunkelheit hört man das verzweifelte Kreischen eines Nachtvogels. Mir ist so kalt. Wie kann ich nur so gefühllos sein? Wie konnte ich mich nur auf so etwas einlassen. Werner meinte noch im Wagen, dies sei irgendwie eine Pflicht und es sei unausweichlich gewesen. Zu groß seien die Konflikte und alle hätten sich wohl ein wenig zu weit aus dem Fenster gewagt. Doch wenn man ihn so anschaut, unseren Kaderintellektuellen, weiß man ganz genau, wie es um ihn steht. Es tut mir nur noch leid und mir ist so schwindelig, daß ich schwanke. Zum ersten Mal in meinem Leben bin ich an diesem Punkt, wo ich wirklich an dem, was um mich herum geschieht, dieser Satire wirklich ernsthaft zweifeln muß.

Zu dem Großen sage ich, daß dies doch Scheiße sei, und wir einfach gehen sollten. Mit dem Rücken zu mir gedreht, schüttelt er nur schweigend den Kopf und gräbt weiter. Vor mir beginnt sich alles zu drehen. Der Nebel wird dichter und mein Verstand dreht völlig durch. Wir haben die Kontrolle verloren. Sie alle haben die Kontrolle verloren. Ich versuche mich zu rechtfertigen und es will mir nicht gelingen. Hart und kalt ist es, was ich in meiner Manteltasche bemerke. Mir ist, als hätte ich sie zum letzen Mal im Fußraum vom Wagen gesehen. Der schwere Wagen, der hat sich sicherlich im Morast festgesetzt. Mein kalter, harter Griff wird fester. Ich denke unartikuliert und nehme nur noch Werner, den Großen und unsere Schuld war. Ich nehme meinen Griff aus der Manteltasche und hebe den Arm. Werner hat angefangen mit dem Großen zu diskutieren. Sie brüllen sich an und Werner sagt, er gehe, wenn der Große nicht sofort aufhören würde.
Mir wird jetzt so Einiges klar. Und auf meinem Gesicht liegt nun ein breites, verzerrtes Grinsen. So wie Werner vor mir steht und der Große im Loch kniet, muß ich lachen. Werner schaut mich an, voll von Entsetzen und schreit ein Nein. Ich höre nichts mehr und drücke ab, zweimal. Dem Großen platzen die mächtigen Wunden in den Rücken und er fällt mit seiner Visage vornüber in den schlammigen Grund des

Loches. Werner ist außer sich. Dies sei doch keine Lösung und nun hätten wir erst recht Ärger am Hals. Wie ein wildes, aufgeregtes Känguruh hüpft er neben dem Loch herum. Ich muß wieder grinsen und schwenke langsam meinen Arm zu Werner, der mich entsetzt anstarrt und in die Knie sinkt. Irgend etwas sagt er, es dringt aber nicht zu mir vor.

Wieder knallt ein lautes, blechernes Bellen durch die kalte Nacht. Klarer im Kopf bin ich jetzt, auch wenn es mir nicht besser geht. Grinsend schaue ich auf die Pistole in meiner Hand, die heute viermal den Tod bringen wird. Einmal noch, denke ich und betätige nochmals den Abzug[1].

---

[1] Übrigens, wir wurden zwei Tage später im Moor gefunden. Auch jetzt nach 10 Jahren haben sie noch immer nicht herausgefunden, um wen es sich bei den vier Leichen handelte. Erster Anhaltspunkt war natürlich der schwere Dienstwagen des Ministeriums. Natürlich wurden von der Presse Vermutungen angestellt, das Ganze aber schließlich gut vertuscht. Insgesamt gesehen hatten wir also noch mal Glück. Es hätte auch noch schlimmer kommen können.

Schneit es auch im Sommer

Seltsam erscheinen die Gefühle, wenn man ein Lebensjahr an sich vorbei gleiten sieht. Manchmal kommt es einem dann vor, als ob die Zeit unterschiedlich schnell fließt. Mal etwas schneller, mal gemächlich wie ein Bächlein. Danach aber kann sie auch zu einem reißenden Sturzbach werden, der einen geradezu hinfort schwemmt. Ich werde älter und die Zeit scheint immer schneller zu werden. Sicher, es gibt immer noch Tage, die wollen einfach nicht vorbeigehen, so sehr man sich auch darum bemüht, der Zeit aus dem Weg zu gehen. Dann aber, dann kommen Momente und Perioden, so sehr ich mich auch darum bemühe, ich kann sie nicht halten. Sie zerrinnen mir wie feinster Quarzsand. Durch einen zu schwachen Griff, zwischen meine Fingern rieseln sie hindurch in die unvorstellbare Weite des Raumes.
Dieses Jahr ist so eine Epoche. Wie ein Stück Treibgut werde ich von den Wogen meiner Zeit von einem Wellental über die Gischt spritzende Woge hinab in das nächste kommende Wellental geschleudert. Und immer wieder von vorne; hinauf, der kalten, aber frisch herben Seeluft ausgesetzt, wieder hinab zwischen die nahezu erdrückenden gewaltigen Wassermassen. Es ist ein tiefes Gewässer und ich bin mir nicht sicher, ob es dort auch einen Grund gibt.

Wenn ich meine Augen schließe, und in das Dunkle um mich herum blicke, kann ich die vergangenen Ereignisse wieder ins Licht rufen. Mit aller Kraft lasse ich noch einmal an mir vorbeiziehen, was wie ein rasender Zug an mir vorbei gerast ist, von dem man nur einzelne Bilder, einzelne Szenen, Stilbilder in den Abteilen wahrgenommen hat. Und dennoch sind sie da. Die Bilder sind tief im Menschen eingebrannt. Wie eine belichtete Bildplatte, auf der sich schon der Staub der Generationen gelegt hat, sind sie in einem Archiv aufbewahrt, sind sie im Menschen verborgen. Wer diese abstreitet, der streitet sich selbst ab, seine eigene Existenz, denn so wie wir versuchen im Jetzt zu leben, so sehr sind wir doch auch dies, was uns in der Vergangenheit zu dem gemacht hat, als was wir uns heute verstehen.

Aus der Dunkelheit ziehen die Bilder auf mich zu, bringen mich an die Orte zurück, die mich einst mit so viel Gefühl erfüllt haben. Die glühende Hitze der Wüste, wenn man von seinem Herzen die Last des Winters in der fernen Heimat von sich gleiten spürt. Wie sie einen durchdringt und befreit. Die Stille, die mich hören läßt. Die Farben und Formen, die mir zeigen, wie hart die von Menschen geformte Welt ist. Dann tauchen Ereignisse wieder ans Licht, die mich zu dem machen, was ich jetzt bin. Verbindungen in Herz und Seele mit dem Menschen, den ich lange schon liebte, und die mir erst zeigen, daß ich dieses auch wirklich tue.

Aufgewühlt bin ich, frage mich, was ich in diesen Momenten denke, woran ich zweifle, welche Vorstellungen mir in jenen Tagen die Klarheit genommen haben zu erkennen, was wirklich ist. Eine Wirklichkeit, die ich allemal den Illusionen vorziehe, die mich so viele schmerzliche Jahre begleitet haben.

Dann rütteln mich Momente, kurze wenige Stunden, die sich als vermeintliche Weichenstellungen für die Zukunft ausgeben, auf. Augenblicke denen ich mit Angst begegnen sollte, denen ich aber trotzig die kalte Schulter gezeigt habe. Nur all zu oft werde ich jetzt von dieser Angst eingeholt. Sie nagt an mir, versucht Zweifel in mein Vertauen zu treiben. Und bringt mich dennoch weiter und verleiht mir zeitweise eine Klarheit, die ich nur selten in meinem Leben so vertraut empfunden habe, wie jetzt.

Und jetzt liegt wieder Schnee. Eine dicke Masse, die über Nacht gekommen ist, um den Menschen eine Helligkeit einzureden, die wohl kaum besteht. Kälte, die mit warmem Tuch und knackendem Feuer ausgetrieben werden soll. Doch die eigentliche Kälte, die Dumpfheit, die man in den Straßen verspürt, sie kommt von dem Unbehagen der Menschen, sich mit dem Heute auseinander setzen zu müssen. Die Kälte und das Weiß, das die Welt nun kleidet, flüstert Besinnung und Rückkehr in das Innerste. Eine Zeit, eine kurze Sekunde der Klarheit und der Verinnerlichung was wir sind, könnte sie bewirken. Ich komme damit nur schwerlich zurecht. In mir ist Sommer. Mein Herz brennt vor Liebe und Leidenschaft. Die Ruhe und Besinnung, die die Zeit von mir abverlangen, wollen mich vergewaltigen. Ich will mich der Natur nicht beugen. Ich will fliehen in eine andere Zeit. Eine Zeit, die Wärme und Leben spendet. Mir graut bei der Vorstellung, das jetzt der Winter eingebrochen ist. Früher liebte ich den Winter und vor allem den Herbst. Diese Zeit ist wie ich damals war. Sie steht für die Vergänglichkeit, Tod und Wiedergeburt im Kommenden. Diese Vorstellung, die damals in mir steckte, ist davon geprägt, sich von der Zeit und ihrem Fluß abhängig zu machen. Doch nun ist mir klar, der Mensch an sich ist nicht vergänglich, wenn er sich darauf besinnt, im Moment zu leben. Der Moment, der Augenblick ist es, der die Zeit ausfüllt. Das Sehnen nach dem Verstreichen der Zeit bedeutet den Tod. In jedem Augenblick, den ich sinnentleert vorüberziehen lasse, verleugne ich das Leben in mir. Die Herrlichkeit, die mir das Leben und die Liebe bieten könnte, wenn ich es doch nur schaffen würde, mehr diesem Druck zu widerstehen, der mich davon abhält dies, zu tun, dies zu leben. Selten gelingt es mir. Groß sind diese Momente in meinem Leben und bringen mich voran, Schritt für Schritt. Wie lang der Weg ist, ich weiß es nicht. Und ich glaube auch nicht, daß es überhaupt jemand wissen kann. Für den Moment spielt es aber auch keine Rolle, auch wenn es jetzt schneit, jetzt in meinem Herzenssommer.

Der Voyeur

Unruhig sitzt er auf seinem Stuhl, fast eineinhalb Stunden geht das schon so. Seine Hände sind an den Innenflächen feucht vor Schweiß. Immer wieder rückt er sich nach Vorne und anschließend wieder nach Hinten, um seine Position auf dem Stuhl in eine angenehmere, entspannendere Haltung zu bringen. Es kribbelt ihn an Oberarmen und Fußsohlen. Er erschrickt. Bei jeder hastigen Bewegung, die sich in seinem Blickfeld ereignet, zuckt er unwillkürlich zusammen. Sein Herz geht schneller als gewöhnlich und seine Atemzüge sind kurz geworden. Jeder Atemzug brennt ihm ein wenig in den Lungen. Er legt seine Hände zittrig auf seine Oberschenkel, um sie kurz nach vorne zu den Knien zu streichen und anschließend wieder zurück. Eine Erleichterung bringt ihm dies nicht. Zu sehr ist er angespannt. Seine Umgebung nimmt er nur noch unbewußt wahr. Sehr wenig dringt zu ihm durch. Er ist einfach zu sehr in den Bann gezogen. Auch wenn man ihm seine Aufregung, die Anspannung anmerkt, so weiß nur er, was ihn in diesen Zustand versetzt hat.
Es ist nicht weit entfernt. Von seinem Platz aus, durch einen schmalen Durchgang getrennt, ist es. Etwas weiter vorn, schräg versetzt, so daß er zwar nicht das Profil sehen kann, aber vielmehr in einer

interessanten Perspektive hierzu sitzt. Der Platz ist nach unten gesenkt, etwa einen Meter tiefer als er sitzt und knapp drei Meter entfernt. Fast greifbar nah und doch unerreichbar fern. Der Gedanke daran, diese Distanz überbrücken zu können, macht ihn rasend. Ihm wird schwindelig und sein Puls steigt abermals an.

Es ist reines Weiß, ein dünnes Tuch von scheinbar guter Qualität, wohl Baumwolle. Es schmiegt sich teuflisch an die Kontur an. Eine Eleganz strahlt diese Umhüllung aus, die er nicht beschreiben könnte. Ein weicher Bogen, der sich vom Bund anfangend wie eine sanfte Welle nach oben windet. Jetzt nimmt er die Bewegung wahr, erschrickt fast bei der leichten Drehung in seine Richtung. Er muß wegsehen, kann den Blick nicht länger fixieren. Selbst aus den Augenwinkeln nicht. Kurz nach links blicken. Er holt Luft. Es ist keine Erregung in ihm. Er würde es wohl selbst als eine schmerzende Aufregung beschreiben. So wie an einem schwülen Tag, wenn die Luft schon so geladen ist, daß die Blitze fast schon fühlbar geworden sind und es jeden Moment zum Einschlag kommen kann. Langsam fixiert er wieder seinen Blick. Ganz auf ein vorsichtiges Herantasten bedacht, fährt er mit seinem Blick wieder der zarten Kante, die Tuch und Untergrund bilden, entlang. Kurz überlegt er. Es macht ihn völlig verrückt. Es ist nicht diese Kante, dieses Tuch, unter dem sich schattenhaft das

Schwarz der Bügelchen abzeichnet. Es ist die runde, nahezu perfekte Form. Der Übergang ist es, den er so gut aus dem Halbprofil einsehen kann, der seinen Blick fesselt. Es ist die Größe, oder vielmehr die Kleinheit, die den Übergang ausmacht. Nur eine kleine, feste Form kann einen derart faszinierenden Übergang bilden, denkt er sich und bekommt kaum mehr Luft. Seine Finger tippeln ungeduldig auf der Tischplatte – nur kurz, nicht daß es auffallen würde. Es ist keine weiche, nach oben wechselnde Wölbung. Und es ist auch kein keilförmiger Spalt, der von zu großem, nicht perfekt abgefangenem Gewicht kommen würde. Nein es ist ein perfekter Übergang, fast rechtwinklig geht die Form über. Natürlich muß das Tuch anliegen, sonst kommt der Übergang nicht zur Geltung. Aber es darf auch nicht zu eng anliegen, sonst wirkt es zu abgepackt, nicht frei. Ganz sachte schüttelt er seinen Kopf bei dem Gedanken daran, daß die meisten gar nicht in der Lage sind diese Schönheit wahrzunehmen, sie sogar verleugnen würden.

Tief holt er Luft.

Bananenrepubliken

Manchmal, und dafür kann ich mich selbst ganz gut leiden, bin ich wahrlich ein sympathischer Spinner, auch wenn meine Ideen die Menschen um mich herum dazu verleiten, mich als solchen abzutun. Ich habe dann Ideen, die (kann man das sagen?) grotesk sind. Oder eher ein wenig absurd, vielleicht sogar ein wenig abstrus. Manche Menschen reagieren auch mit merkwürdigen Gesichtsausdrücken auf solche Gedankenspiele. Mich amüsiert es allemal.
So ist es eines Tages dazu gekommen, daß ich mich ernsthaft damit auseinander gesetzt habe, wie man denn am besten dazu kommt, eine Bananenrepublik zu erwerben. Es mag sein, daß ich mich durch die Abstinenz von manipulierenden Medien etwas von der Wirklichkeit entrückt habe, aber diese Idee ist wirklich faszinierend und bietet eine ganze Reihe neuer Erkenntnisse.
Die Idee ist, daß es in der Welt wirklich schlecht zugeht. Da haben wir ein Jahr, in dem sich halb Zentralafrika gegenseitig den Schädel auf Kredit einschlägt, in den Medien ist so etwas aber nicht einmal eine Schlagzeile wert, denn die Plebejer interessieren sich mehr dafür, welcher Sportler sich gerade das Bein gebrochen hat (das erinnert mich immer an Brot und Spiele) oder daß es sich wirklich nicht

gehört, über eine rote Ampel zu gehen (manchmal lasse ich mich auch dazu hinreißen). In solchen Momenten, in denen mir diese Tragik und der Witz, den die Sache hat, bewußt wird, werde ich nachdenklich und meine oftmals verstaubende Phantasie kommt zu neuer Blüte. Manchmal ist es eben die eines Kaktus. Es geht also darum, das wird den Menschen jedenfalls so gesagt, daß man Erfolg haben muß. Wenn man keinen hat und von den in täglichen, absolut schwachsinnigen Fernsehserien vorgegebenen Idealen abweicht, dann ist man in der deutschen Gesellschaft schnell, zum Glück ausgeschlossen. Ich darf mal zur Verdeutlichung, nein ich will jetzt nicht über Fernsehen diskutieren, das auflisten, was man als junger, dynamischer, erfolgreicher Mensch braucht. Da ist die Freizeit, davon haben jene wirklich Unmengen, tolle Freunde haben sie ja auch, alle schick angezogen, mit einer super Wohnung, diese hat natürlich eine neue Einbauküche von Popendingsda oder wie die heißen. Ein Handy darf natürlich nicht fehlen. Genauso wenig darf der neue Mittelklassewagen vor der Tür fehlen. Irgendwie haben wir also eine ganze Menge Leute, die sich nach so einem schwachsinnigen, eintönigen Leben sehnen. Halten wir also fest, es gibt ein Bedürfnis, sich wirklich infantil, hirnlos in Deutschland zu verhalten. Mag man diesen Lebensstil nennen, wie man will, wichtig ist, daraus kann man was machen.

Auf der anderen Seite gibt es natürlich auch diejenigen, welche die Zinsen für das vorhin erwähnte afrikanische Köpfeeinschlagen auf Kredit der deutschen Banken zahlen müssen. Die interessieren sich jetzt noch gar nicht dafür, ein Handy oder eine Einbauküche zu haben. Die sind meines Erachtens erst mal froh, wenn nicht zum vierten Mal ihre Hütte nieder gefackelt wird und die Leichen am Straßenrand verschwinden und Ruhe und Ordnung einkehrt. Bei uns scheint das Leben recht teuer zu sein, sonst würden ja nicht so viele Menschen das Bedürfnis haben, sich mit dem aufgeführten, oft unerreichbaren Blödsinn abzugeben. Was liegt näher als die ordentlichen Deutschen und die geprügelten Afrikaner oder die, wo immer es sein mag, Leute zusammen zu bringen und die Interessen auszugleichen.

Wir haben also einen Diktator, dessen Hobby es ist, alle paar Jahre einen Krieg anzuzetteln und Entwicklungsgelder aus dem Fenster zu schleudern. Das können wir auch alleine, wenn gar nicht sogar besser. Wir rufen also solch einen Diktator an und unterbreiten ihm folgendes Angebot:

Wir zahlen (einzelne deutsche Banken machen im Jahr mehr Gewinn als eine Hand voll Entwicklungsländer an Bruttosozialprodukt haben) also dem Diktator ca. das was wir sonst in fünf Jahren an Entwicklungshilfe gezahlt hätten. Das ist natürlich steuerfrei. Wir garantieren auch eine angemessene Pension und daß er nicht von rachsüchtigen Putschisten an die Wand gestellt wird, was ja sonst des öfteren vorkommt. Wenn dieser Diktator daraufhin meint, sein Leben würde langweiliger werden, dann zeigen wir ihm, wie unsere Luxusgesellschaft funktioniert und er wird sich schon damit arrangieren können. Wenn nicht, dann stellen wir ihn vor ein Kriegsverbrechertribunal. Im Gegenzug dafür verkauft er uns seinen Staat. Die dortigen Oppositionellen sind kein Problem, denn entweder hat unser Diktator sie schon alle erschlagen lassen oder sie sind unauffindbar inhaftiert oder wir kaufen sie auch gleich mit ein. Die normale Zivilbevölkerung interessiert sich ohnehin nicht dafür, wer nun am Drücker sitzt. Und wenn wir erst mal richtig anfangen, billig all unsere Rentner und alten Leute dort auszusiedeln und die Einheimischen einen Job als Rasenmäher oder Hundeausführer haben, werden sie auch schnell begreifen, daß dies allemal besser ist als ständig die Bude abgefackelt zu bekommen.

Finanzieren würde man solch ein Unternehmen dann über die Aktienbörse. Man hätte ein absolut marktwirtschaftliches Land. Man könnte eine Großzahl innovativer Unternehmen ansiedeln, die ebenfalls zur

Finanzierung beitragen würden. Da die Unternehmensleitung quasi an der Staatsmacht ist, stellen Verbotsgesetze keine Probleme dar. Unternehmen könnten ohne Probleme und Sanktionen zum Beispiel Genforschung betreiben oder die lokalen Bodenschätze ausbeuten. Die anfänglichen Kosten würden sich sehr schnell amortisieren. Auch ohne die Ansiedlung von europäischen Rentnern, alleine als „freier Industriestaat" würde sich so etwas schnell rentieren. Billige Arbeitskräfte und flexible Gesetze wären der Traum aller Unternehmer. „Kaufen sie jetzt Aktien an der Bananenrepublik AG!!!" Völkerrechtliche Bedenken werden durch die Globalisierung und Vernetzung der Wirtschaft abgedungen. Haben erst einmal eine Reihe bedeutender Unternehmen investiert, ist die Bananenrepublik unantastbar geworden. Auch äußere Bedrohungen sind irrelevant, da sich ja niemand gegen die wirtschaftlichen Interessen eigener Unternehmen in anderen Staaten auflehnen will. Für Menschenrechte interessiert sich Politik ohnehin nur als Feigenblatt und Vorzeigemoral. Private Organisationen, die intervenieren wollen, kann man kurzerhand aburteilen, sobald sie einen Fuß über die Grenze setzen, man kann ja selbst die Gesetze erlassen. Natürlich muß man sich moderat verhalten, sonst ist man durch stetige mediale Manipulation nicht in der Lage, irgendwelche Idealisten im Ausland

über den wahren Stand der Dinge im Trüben
zu lassen.

Da wundert es mich eigentlich fast schon,
warum meine Idee nicht schon einer unserer
Topmanager hatte und in die Realität
umsetzte. So ein Unternehmen hätte doch
grenzenlose Möglichkeiten.

Sozialpädagogen auf der A8

Am Horizont im Osten versuchen die ersten Sonnenstrahlen ihre hellen wärmenden Finger über das Land auszubreiten. Auf den vorbei fliegenden Wiesen liegt noch der Tau der Herbstnacht. Die Scheinwerferkegel spiegeln sich sanft auf dem Asphalt und aus dem Radio brummen wüste Schlager der frühen Achtziger. Günther (43), lenkt den Zwanzigtonner sicher und gleichmäßig, jetzt schon seit knapp zwölf Stunden. Ja, etwas müde ist er schon und sein Magen knurrt auch etwas.

„Ein guter Tag wird das!", denkt er sich. Nur noch wenige hundert Kilometer und er kann sich in seinem kleinen zwei Zimmer Apartment ins Bett sinken lassen. Abends ist dann Fußball dran. Dazu wird er sich ein bis fünf Bier gönnen. Und nachher zum Frühstück, noch mal beim Wienerwald vorbei schauen. Günther ist Fernfahrer, aber als solchen würde er sich nicht bezeichnen. Eigentlich ist Günther Sozialpädagoge, hat sogar mal studiert, dann abgebrochen. Seine zweite Frau hat ihn damals vor fünf Jahren rausgeworfen, als er Mist gebaut hatte, was jetzt aber den Rahmen sprengen würde.

Auf der anderen Seite der Kabine kauert ein dürrer, junger Mann, Siegfried (24), der Sozialpädagoge werden will, jedenfalls hat er

gesagt, dies studiere er. Er ist ein bißchen wortkarg, wie Günther. Kurz vor Aachen hat Günther ihn aufgenommen, an einer Raststätte. Siegfried will nach Süden, Richtung München.
Siegfried hat seit Wochen schon rasende Kopfschmerzen. Seine Augen tun ihm weh. Seine Schmerzen verdrängt er mit Aspirin und hastig gezogenen Zigaretten. Er ist nicht krank, vielmehr plagen ihn Entscheidungen. Solche, die er treffen muß und solche, die er schon getroffen hat. Seit einer Stunde sind die beiden per Du, haben das Wesentliche, was für die Fahrt nötig ist, ausgetauscht. Beide machen sich stumm ihre Gedanken.

Der Junge zerbricht sich schon seit Wochen den Kopf darüber, was er falsch macht. Denn er hat das Gefühl, die Menschen um ihn herum können ihn nicht ausstehen. Als kontaktscheu würde sich Siegfried nicht bezeichnen. Schon früher war er sehr aufgeschlossen. Selbst im Sportverein war er in der Jugend aktiv. Bis er dann eine Allergie und einen Bänderriß hatte. Eigentlich hatte Sport ihn auch nie fesseln können. Ihm wurde immer schnell schwindlig und das Gerempel war ihm immer schon zu brutal. Deswegen hat er damals ja auch verweigert. Eine heroische Tat, mit der er nicht einmal gegen seine Eltern protestieren konnte. Oft hat er das Gefühl, diese Entscheidung war ein „Griff ins Klo", im wahrsten Sinne des

Wortes. Fäkalien von alten, dahin vegetierenden Rentnern, die abgeschoben wurden für einen Apfel und ein Ei, wegmachen. Von Tag zu Tag wurde ihm die beschissene Lage immer bewußter, der Ekel über seine Tätigkeit und die Selbstverständlichkeit der Ächtung, die er empfand. Es gibt nichts Schlimmeres als wie ein Sklave ausgenutzt zu werden, denkt er sich heutzutage. Eine verlorene Zeit war das, voll von Entwürdigung, die durch ihn vom System und der Gesellschaft seinen Opfern vermittelt wurde. Er sagt, mit seinen Eltern komme er gut klar, was nicht stimmt, was er sich aber nicht eingestehen kann. Sie sind selbständig, haben sich über die Jahre seiner Kindheit hinweg eine eigene Existenz aufgebaut, sich verwirklicht. Sein Vater ist Ingenieur, seine Mutter Hausfrau und Lokalpolitikerin. Sie hat ihn immer behütet, sagt sie. Ist gegen Nachsitzen in der Schule ebenso angelaufen wie gegen den schlechten Umgang mit den Nachbarskindern oder einer Schramme vom Faustkampf halbwüchsiger Viertklässler. Einen unterschwelligen Haß hat er gegen sie entwickelt. Immer für sich durch ihn da. Ihre Selbstverwirklichung als emanzipierte Frau ging zu Lasten seiner Identität. Nicht einmal mit dem Fahrrad konnte er ungeschoren stürzen, ohne daß seine Mutter, die Gemeinderätin, nicht sofort bessere Radwege einforderte. Sein Vater war ungefähr von 20.00 Uhr abends bis 8.30 Uhr nach dem Frühstück anwesend, jeweils mit Unterlagen, die er nicht mit ins Wochenende nehmen wollte, was er dennoch tat. Dafür war er großzügig mit Geschenken. Wenn andere Väter ihre Söhne am Wochenende zu deren Fußballspiel mitnahmen, war er am Schreibtisch, zum Wohle der Familie. Wenn man ihn dann störte, bekam er einen Tobsuchtsanfall und schrie. Das Thema Scheidung hing auch alle paar Monate in der Luft. Zum Ausgleich gab es dann wieder 20 Mark mehr Taschengeld.

Bei Günther sieht das nicht viel anders aus. Seine Kindheit hat er auf dem Land verbracht, streng katholisch. Lehrer sollte er werden. Aus ihm sollte was werden. Auch er hat verweigert. Damals war das aber auch was. Raus geflogen ist er dann, hat versucht die Eltern zu überzeugen. Man hat sich dann geeinigt und über den Ausrutscher großzügig hinweggesehen. Studiert und geheiratet hat er dann, die Annemarie, die jetzt mit einem Anderen zusammenlebt. Er wollte etwas bewegen. Vor zwanzig Jahren war das. Sie ist schwanger geworden, hat dann aber abgetrieben. Er hat sich später politisch engagiert und sein Studium geschmissen. In eine Krise, wie man sagt, sei er dann gekommen, als sie ihn verlassen hat. Darauf hat er nochmals geheiratet. Hat es aber nicht auf die Reihe bekommen, das Trinken, gestritten haben sie sich Tag ein Tag aus. Seit fünf Jahren will er nur noch seine Ruhe.

Siggi hat damit ein Problem, daß die anderen in seiner Umgebung nicht mit dem zurecht kommen, was er ihnen sagen will. Ihn macht es schier verrückt, wenn sich vernünftige Menschen völlig emotional aufeinander stürzen und meinen, ihre Probleme nicht lösen zu können. Oft hat er tolle Ideen, wie diese sich dann wieder vertragen können. Er versucht die Argumente nochmals aufzuzeigen. Die meisten Menschen sehen nämlich, wenn sie nur noch emotional auf einander einreden, gar nicht mehr, um was für eine Sache es geht. Man muß doch Kompromisse eingehen und ein gut gemeinter Rat ist doch kein Grund schlußendlich auf ihn loszugehen. Irgendwie versteht er die anderen nicht. Wie kann man nur sein gut gemeintes Engagement ausschlagen? Ein Besserwisser sei er, wird ihm vorgehalten. Letzte Woche hat sich ein Mitbewohner mit dessen Freundin gestritten. Dabei haben beide doch völlig aneinander vorbei geredet. Er hat dann vermittelt und sich im Affekt eine eingefangen, ein richtiges blaues Auge. Er ist gegangen, denn das hat er ja nicht nötig. Mit den Menschen ist er jetzt wirklich fertig. Sollen sie doch ihren Scheiß selber regeln. Er hat sowieso keine Lust mehr. Am liebsten würde er alles hinwerfen.

Günther ist in therapeutischer Behandlung, bei einem Psychologen, 150 Mark die Stunde. Der hört ihm zu, wenn er erzählt, wie er Anfälle bekommt. Günther muß dann weinen, heimlich auf dem Klo. Die letzten Jahre ist es besser geworden. Er kann jetzt seinen Schmerz kompensieren und transferieren. Sein Psychologe hält da aber nichts davon. Zweimal war er schon im PLK, jeweils für rund sechs Wochen. Er gilt jetzt als stabil. Für einen Notfall hat er aber immer extra Tabletten dabei. Wenn es ihm heute ganz schlecht geht.
Er hat diese zwanghafte Angewohnheit. Als Kind hatte er einen Hasen, der hieß Olli. Leider hat sein Vater ihn zu Ostern geschlachtet. Günter war damals sehr traurig. Heute geht er in eine Tierhandlung und kauft sich einen Olli. Er macht es in der Badewanne. Erst mit einem Stück Holz, kräftig auf den Kopf, das geht schnell. Anschließend mit einem scharfen Fleischmesser in Stücke schneiden. Zuletzt kommt alles in den Restmüll. Ihm geht es dann besser.

Als sich Siggi letzte Woche eins eingefangen hatte, wurde er später richtig sauer. Er ist dann in die Stadt gegangen. Einfach so durch dunkle Viertel ist er gezogen. Ihm kochte Wut im Bauch. Sein Herz raste.
In den Jackentaschen hat er in solchen Situationen seine Fäuste fest geballt. Seine

ungepflegten Fingernägel krallen sich in sein eigenes Fleisch. Fast hyperventiliert er. Ihm ist ein älterer Herr über den Weg gelaufen. Der hat den merkwürdigen jungen Mann komisch angeschaut. Was er denn so doof glotze, hat ihn der Jüngere gefragt. Gebrüllt hat er. Er würde ihm, dem blöden Sack gleich eins auf die Fresse hauen. Der Mann war richtig entsetzt. Siggi ist dann völlig ausgerastet. Der Mann liegt immer noch im Krankenhaus. Wenn nicht jemand gekommen wäre, wer weiß? Siggi ist getürmt, nach ihm wird jetzt gefandet.

Die Kilometer ziehen an den Beiden vorbei. Es ist jetzt fast 10 Uhr. Siggi ist eingenickt und träumt davon, wie er gerade seinen Vater umbringt. Günther ist jetzt richtig müde. Auch er denkt, er hätte damals besser seinen Vater umgebracht. Manchmal gibt es doch sehr merkwürdige Zufälle. Langsam kommt die Baustelle in Leonberg in Sicht. Dort wird immer noch an den Brücken über die A8 gebaut. Der Verkehr wird enger, Günther wird überholt, von einem schnellen BMW. Vor ihm sieht er rot, die Rücklichter eines anderen Wagen. Mit brachialer Gewalt knallt der Laster gegen den halb fertigen Brückenpfeiler. Fünfzig km/h wären erlaubt gewesen. Die Sozialpädagogen starben mit circa dem Doppelten.

Die Fee

Seit wir Menschen unsere Geschichte aufschreiben und uns selbst wahrnehmen, begreifen wir uns und die Welt, auf der wir stolz als die Herren umherziehen, als ein System, das in klare Strukturen und Gesetze gebracht wurde. Ein System, dessen Hintergrund und dessen Funktionsweise wir in den letzten Jahrhunderten immer mehr zu ergründen versucht haben. Wir haben die Naturgesetze erfaßt und begonnen, sie zu zähmen, indem wir uns entrückten, um die Welt mit einem sicheren, unverstellten Blick betrachten und erforschen zu können. Unsere schärfsten Denker und Analytiker zeichnen uns den Plan der Welt, des Universums auf. Wir beginnen, diese Schöpfung bis ins Kleinste zu ergreifen. Und dennoch gibt es sie immer noch, die Menschen unter uns, die eine andere Welt wahrnehmen können. Eine andere Welt, von der sich unser Rationalismus schon vor langer Zeit emanzipiert geglaubt hatte.
Unsere Sinne sind vom Alltag und seinen betäubenden Reizen getrübt und nur in seltenen Augenblicken nehmen wir sie wahr, die andere Welt, die wir schon vor Zeitaltern hinter uns gelassen haben. In diesen verdunkelten Augenblicken verwischt die Grenze von unserer Realität und dem, was wir in unseren wachen Momenten nicht mehr

sehen können. Es sind die Schatten einer anderen, fernen, mystischen Welt, die wir verloren haben. Und dennoch ist sie da, war sie immer da und wurde in unserer Phantasie, in unseren Geschichten und Mythen dokumentiert. Doch wenn es Nacht ist und wir glauben zu schlafen, dann öffnet sich uns ein Spalt zu dieser verborgenen Welt und wir können in dieses dunkle Reich unserer Geister, Dämonen und Feen hineintauchen.

Oft sind es nur feine Begegnungen. Sie hängen dann wie Nebelschleier in der Luft, berühren sanft. Oder es sind gewaltige Erscheinungen, die uns im Mark erschüttern können. Wir sind dann oft alleine, weil unsere Umwelt, die Menschen um uns herum nur sehr selten das teilen können, was wir erlebt und erfühlt haben. Es sind meist die Träume, die uns die Pforte öffnen. Wir meinen dann zu schlafen, träumen und dann spüren wir es. Wir sind in unserem Traum nicht alleine. Da ist noch etwas, etwas, das uns oft Angst macht oder uns einen Moment unversehener Glückseligkeit schenkt. Tief in unseren Herzen ist diese Tür, in ein anderes Reich, durch welche die Wesen nach uns rufen, nach uns greifen. Vieles kann dann geschehen, wenn wir dieses Reich betreten.

Mal wird davon erzählt, daß böse, grinsende Fratzen kommen, um in einem teuflischen Tanz um einen herum zu wirbeln. Ein anderes Mal werden den Menschen

Prophezeiungen gegeben, mal wage und mal sehr konkret. Dinge können wir dann sehen, die sich lange in der Vergangenheit ereignet haben. Von solch einer mystischen Begegnung eines Freundes will ich berichten:

Schon vor vielen Jahren hat sich dies ereignet und erst heute hatte er den Mut, dieses mit einem anderen Menschen zu teilen. Zu groß war einfach die Angst, wegen dem Erlebten abgewiesen zu werden, oder gar für verrückt erklärt zu werden. Doch er hatte immer mehr das Bedürfnis, sein Erlebnis mit anderen zu teilen. Er wollte den Moment, der so tief sein Schicksal berührte nicht länger für sich behalten. Bis zu diesem Zeitpunkt verlief sein Leben in geordneten Bahnen. Er war zu diesem Zeitpunkt alleine, doch hoffnungsvoll verliebt. Auch materiell ging es im nicht schlecht. Nein, reich war er nicht geworden, aber fehlen tat es ihm an nichts. Die Tage gingen alle rasch und erfüllt vorbei. Vormittags saß er im Büro und nachmittags ging er oft ausgiebig spazieren. Auch in so mancher Kneipe fand man ihn abends mit den Freunden. Er diskutierte gerne mit uns über klassisch griechische Philosophie, Politik und Kunst. Mit den Jahren wurde er wie wir immer reifer und bewahrte sich, was heutzutage nicht vielen gelingt, einen freien Geist und ein reines Herz. Ein gläubiger Mensch war er allerdings nicht, eher ein moralischer Mensch, auch

wenn er so manchen spirituellen Weg ausprobierte, blieb er doch ohne wahren, tiefen Glaube.
Es war in einer frühen Morgenstunde einer unruhigen Nacht. Der Tag zuvor hatte ihn über die Maße angestrengt. Zu einer hastigen und sehr emotionalen Diskussion hat er sich hinreißen lassen. In seinem Traum wandelte er durch die triste Büroetage seines Arbeitsplatzes. Die Menschen um ihn herum kannte er, nahm sie aber nicht war. Er verließ die Stadt, um in den Wald zu gehen. Die Sonne schien und die Luft war voll von Leben und Musik. Vögel sangen und die Blumen blühten in den prächtigsten Farben. Der schwere, süßliche Duft frischen Harzes stieg ihm in die Nase. In diesem Traum nahm er seine Umgebung so innig wahr, wie er es nur selten in seinem Leben empfunden hatte. Durch dichtes Unterholz bahnte er sich einen Weg, um eine Lichtung aufzusuchen. Der Wald um ihn herum kam ihm bekannt, gar vertraut vor. Auch wenn er dort noch nie war. Den Weg, den er nehmen mußte kannte er instinktiv. Sicher trugen ihn seine Füße zu der Stelle, die ihn im Traum wie ein Magnet anzuziehen schien. Mit jedem Schritt, den er näher zur Lichtung kam, wußte er, daß er nicht nur träumte. Sein Geist war in der Lage zu begreifen, was um ihn herum geschah. Die Grenze zwischen seinem Traum, dem Schlafzimmer, in dem er lag und dem Wald,

durch den er schritt, wurde immer zarter. Er war bewußt in seinem Bett und dennoch schritt er vollends wach auf die Lichtung zu. Eine unglaubliche Schwere legte sich auf sein Gemüt. Eine Angst überkam ihn. Der vertraute Wald, in dem er sich so wohl fühlte, hatte mit jedem Schritt etwas Unheimlicheres. Die Lichtung zog ihn magisch an. Und mit jedem Schritt war ihm klarer, daß er wach war, in seinem Bett lag und dennoch durch den Wald ging. Er wollte aufwachen, so fürchtete er sich auf einmal. Doch da war auch die Neugier und das Wissen, gar nicht zu schlafen. Man kann nicht aufwachen, wenn man schon wach ist. Aus seiner Furcht und Unfähigkeit umzukehren, erwuchs ihm dann Hoffnung und Freude, als er die Lichtung betrat. Ein leichter Nebel umgab die Stelle. Mitten in der Lichtung lag ein alter, geschwungener Baumstamm. Auf dem Stamm saß eine kleine Gestalt von unbeschreiblicher Anmut. Das Wesen hatte feine, zerbrechliche Arme und Beine und trug ein hellblaues, wildes Lederhemd und einen weiten, weich fallenden weißen Rock. Sie hatte auf dem Rücken Flügel wie ein Schmetterling, die so zart waren, daß man durch sie hindurch die Konturen der dahinter liegenden Bäume sah. Sie schimmerten in allen Farben des Regenbogens und schwangen ganz sachte bei jedem ihrer Atemzüge. Ab und zu zuckte es durch die Flügel, wie ein hektischer, elektrisierender Schlag, um sofort wieder in das gleichmäßige Schwingen überzugehen. Mein Freund wußte nicht mehr, was er denken sollte. Er traute sich nicht mehr zu atmen. In seinem Herzen brannte es vor unbeschreiblichem Glück. Die Brust hätte es ihm zerreißen können, so stark fühlte er die Güte und die Anmut des Wesens, das ihm gegenüber auf dem Baumstamm saß. Er weiß nicht mehr, wie lange er da stand und die Fee beobachtete. Er konnte sich kaum noch auf den Beinen halten, so brachten ihn die Glücksgefühle ins Schwanken.

Auf einmal erblickte sie ihn und zuckte ängstlich zurück. Ihre weiten, klaren Augen starrten ihn so an, wie er sie die letzten Augenblicke ansah. Ein Zweifel und ein Hauch von Furcht stellte sich in ihrem Gesicht ein. Langsam begann sie sich mit vorsichtigen Schritten rückwärts von dem Stamm, auf dem sie gerade noch verträumt gesessen hatte, zu entfernen. Er wollte ihr etwas sagen, brachte aber kein Wort heraus, das sein Staunen hätte durchbrechen können.

„Nein!", dachte er. „Nicht gehen." Doch seine Stimme versagte. Er lag in seinem Bett, konnte sich nicht von seiner Welt lösen und stand der Fee, von umfassendem Glück berührt, gegenüber. Er war wach in seinem Bett und stand doch ihr gegenüber. Er wollte den Moment festhalten, aber in diesem Augenblick hüpfte die Fee einen kleinen Satz in die Höhe und ihre anmutigen, farbenprächtigen Flügel hoben sie in schnellen Schwüngen empor. Im Flug drehte sie sich um und flog hoch zu den Bäumen auf der anderen Seite der Lichtung. Sie blickte sich noch einmal, jetzt mit einem frechen Lächeln im Gesicht zu ihm um und verschwand dann über den Wipfeln. Auch der Wald, den er versuchte in seinem Glück fest zu halten, verschwand und weichte seinem dunklen Schlafzimmer, in dessen Bett er nun hellwach lag.

Noch eine Stunde später, als er sich immer noch nicht traute sich zu bewegen und diesem Gefühl, das ihn so bewegte, nachspürte, konnte er nicht begreifen, was gerade geschehen war. Auch viele Tage später, die er damit verbrachte, seinen Verstand gegen sein Gefühl und die Wahrheit von dem, was er erlebt hatte, gegeneinander kämpfen zu lassen, überkamen ihn immer noch Zweifel, an dem was geschehen war. Aber sein Herz wußte es von nun an. Er war in eine andere Welt gegangen und hatte eine Fee gesehen. Von diesem Zeitpunkt war ihm klar, daß es mehr als nur die Welt gibt, die wir mit unserem Verstand begreifen können. Daß da noch etwas anderes ist, das einen die Dinge anders sehen läßt, wenn man daran glaubt. An manchen Tagen empfindet er noch dieses Glücksgefühl im Herzen, wenn er dieser Begegnung nachspürt. Dann kann ihm nichts passieren, so glücklich ist er.

Die Ampel

Kreuzung Herlingerstraße / Danzigerstraße, eine der großen Zubringerstraßen zur Innenstadt, zweispurig für jede Fahrtrichtung ausgebaut, links und rechts monotone, graue Wohnhäuser der frühen Sechziger Jahre, durchgängig fünf- oder sechsstöckig. Hier herrscht 365 Tage im Jahr dicke Luft. Selbst die zähsten Topfpflanzen auf den mickrigen Balkonen machen das zwei, höchstens drei Jahre mit, das ganze chemische Arsenal der Drogerien vorausgesetzt.

Grün.

Vorbei zieht die Karawane aus Blech. Tag ein Tag aus strömen die Vehikel in die Stadt und wieder hinaus in die Vororte und Industriegebiete. Menschenmassen, die sich zum Arbeiten und Einkaufen in die neuen Konsumtempel in der Peripherie quälen. Lastwagen und Personenwagen bringen Waren und anonyme Menschen zu ihren Zielen. Von 7 Uhr bis 8 Uhr, sowie von 16 Uhr bis 18 Uhr ist die Masse am dichtesten. Dann fahren die Meisten zur Arbeit, verstauen ihre Autos in den Tiefgaragen der City oder auf Firmenparkplätzen.

Gelb.

Ein letztes Mal bevor die Masse kurz zum Stillstand kommt, huschen die Mutigen und Gehetzten noch einmal über die Kreuzung. An der Ecke steht eine junge Frau, Mitte zwanzig. Sie will mit ihrem Kinderwagen auf die andere Seite. Sie hat wohl gedrückt. Einen dicken, schwarzen Kurzmantel trägt sie mit einem Stoffschal um den Hals gewickelt. Vielleicht will sie zur Bäckerei. Jetzt werden die meisten Wagen langsamer, setzen zum Stillstand an. Die Straße ist noch vom nächtlichen Regen naß, auch wenn jetzt keine schmutzigen Pfützen mehr in der Rinne stehen. Es ist sehr unangenehm, wenn man von einem vorbeifahrenden Transporter oder einem Bus naß gespritzt wird.

Rot.

Die Wagen, welche die Herlingerstraße entlang fahren wollen, stehen nun. Jetzt sind diejenigen der Danziger dran. Die Straße verbindet die beiden Quartiere, die von der Herlinger getrennt werden. Die junge Frau geht von ihrer Seite aus über den Fußgängerweg hinweg auf die gegenüberliegende Seite. Sie schiebt den Kinderwagen vor sich. Ein älterer Herr kommt ihr entgegen. Ihre Blicke treffen sich nicht. Schnell geht es weiter. Parallel rollt eine Reihe von Wagen über die Kreuzung.

Ein silberner Mercedes, ein italienischer Kleinwagen und ein blauer, japanischer Lieferwagen in die eine Richtung. Aus der andern kommt ein Kombi und ein Taxi, gefolgt von einem VW Käfer, der schwarz ist, noch ein altes Model, aus den Sechzigern. Er hat auch schon bessere Tage gesehen.

Gelb.

Jetzt wird der Fluß wieder langsamer. Ein Ford hat es nicht mehr über die Kreuzung geschafft. Es sah so aus, als ob den Fahrer nach einem mutigen Anlauf der Mut schlußendlich doch verlassen hat. Die Vernunft hat wohl die Oberhand gewonnen. Lieber ein paar Minuten warten.

Grün.

Hausnummer 103, im ersten Stock, direkt an der Hauskante, mit sehr gutem Blick auf die Kreuzung, liegt ein Fenster. Es gehört sicher zu einer kleinen Altbauwohnung. Zu den üblichen Zeiten sieht man die biederen Vorhänge. Am frühen Morgen und Abend scheint Licht aus dem Fenster. Manchmal blaues vom Fernseher, was aber selten vorkommt. Thomas, der junge Mann, der sich gerade auf der gegenüberliegenden Seite seine fast tägliche „Süddeutsche" beim Kiosk von Herrn Maier holt, ist das Fenster schon länger aufgefallen.

Gelb.

Und wieder kommt der Fluß ins Stocken. Richtungswechsel. Es quietschen die Bremsen des gelben Linienbusses. Es ist die Linie 21. Nur wenige Menschen sitzen um diese Zeit im Bus und fahren aus der Stadt hinaus. Der junge Mann packt seine Zeitung in die Aktentasche. Kurz blickt er über einen roten Porsche hinweg zum Fenster.

Rot.

Der Porsche hat es noch geschafft. Jetzt steht der Linienbus an der Kreuzung. Eigentlich würde er die Sicht zum Fenster versperren. Doch Thomas kann durch den leeren Bus das Fenster zum Teil einsehen. Die Vorhänge sind zur Seite geschoben. Er selbst wohnt in einer Wohnung, die zum Hinterhof ausgerichtet ist. Dort ist es nicht so laut und man hat den Anschein von mehr Freiheit. Seit 4 Jahren wohnt er dort. Heute hat er Spätdienst. Aufgewachsen ist er in einer Kleinstadt. Eine Perspektive hat er dort nicht gesehen. Zu schlecht waren die Möglichkeiten einen Job zu bekommen.

Gelb.

Der Bus setzt sich in Bewegung, von einem Lkw gefolgt, der zu einem Möbelhaus gehört. Der junge Mann blickt nun genau hinüber zum Fenster. Sie sitzt dort jeden Tag, die alte Frau. Sie ist wohl schon über siebzig und hat meist eine gestrickte Weste an. Durch die dicke Brille schaut sie auf die Straße, regungslos.

Grün.

Bus und Laster fahren über die Kreuzung. In der Ferne hört man einen Krankenwagen. Die Frau erinnert Thomas an seine Großmutter. Die ist vor zehn oder waren es schon elf Jahren gestorben. Sie wohnte auch in solch einem grauen Wohnhaus an einer tristen Straße. Besucht hat er sie selten. Zeit hat er wenig. Sein Schichtdienst zerstückelt seinen Tagesablauf kontinuierlich. Wenn er heute Abend wieder vom Klinikum zurückkommt, so gegen 21 Uhr, sitzt sie vielleicht vor dem Fernseher, oder liegt schon im Bett. Der Krankenwagen kommt näher, er fährt die Herlinger in Richtung Peripherie.

Gelb.

Der junge Mann schaut die Straße hinauf. Man sieht schon das Blaulicht zwischen den sich zum Straßenrand teilenden Automassen. Sicher ist es ein häuslicher Unfall, wahrscheinlich ein Herzinfarkt. Die Überlebenschancen sind bei solch einem Fall ganz gut, wenn die Retter nur einigermaßen rechtzeitig ankommen. Auf seiner Station landet der Patient allerdings wohl kaum.

Rot.

Der Krankenwagen rast vorbei und bahnt sich seinen Weg durch die ihm Platz machenden Fahrer. Der Notarzt wird sicherlich bald folgen. Die alte Frau sieht dem kurzen Schauspiel regungslos zu. Vielleicht reagiert sie nicht einmal mehr auf einen Unfall direkt auf der Kreuzung. Vor einem Jahr hat es hier einen Radfahrer erwischt. Thomas würde nicht auf die Idee kommen hier zu Radeln. Allein wegen der bestialischen Abgase, die man inhalieren muß.

Gelb.

Der junge Mann denkt sich, daß die Frau wohl sehr alleine ist. Sicher ist sie schon seit Jahren verwitwet. Vielleicht hat sie Kinder und Enkel. Er hat den Kioskbesitzer Maier mal gefragt, ob er sie kenne. Früher hätte sie öfter mal etwas bei ihm oder der Bäckerei gegenüber gekauft. Heute sieht man sie nur sehr selten außer Haus.

Grün.

Die Kolonne setzt sich wieder in Bewegung. So folgt ein Fahrzeug dem anderen. Wie kleine Partikel in einem Strom fließt der Verkehr hier durch. In der Zeitung stand einmal, daß eine Verkehrszählung ergeben hatte, daß hier täglich 42.000 Fahrzeuge durchkommen. Das macht im Schnitt 1.750 Fahrzeuge in der Stunde und rund 30 in der Minute, fünfzehn auf jeder Spur. Nachts ist hier aber weniger los. Die Stadt ist in den letzten Jahrzehnten nach dem Krieg stark gewachsen.

Gelb.

Und nun wechselt die Richtung. Der Himmel ist heute bedeckt und auch der junge Mann kommt sich oft sehr alleine vor, wie die alte Frau. Seine Wohnung zum Hinterhof hat 46 Quadratmeter. Er wohnt alleine. Von den Nachbarn kennt er nur die Wenigsten. Und die Wenigsten kennen ihn. Mit der alten Frau wird es wohl genauso sein. Alleine sein. Heute ist das normal.

Rot.

Wieder fließt der Strom und treibt die kleinen Partikel aus Blech und Kunststoff mit sich in die Stadt und aus ihr heraus. Wenn man wie ein Vogel ganz hoch fliegt und sich das Straßennetz von oben herab ansieht, sieht es aus wie ein dichtes Netz aus Venen und Arterien. Die Stadt ist ein lebloser Tumor, der nur vom stetigen Strom der Wagen am Leben erhalten wird, aus dieser Perspektive. In die kleinsten Zellen fahren sie, bringen, was diese benötigen.

Gelb.

Und wieder gerät alles ins Stocken. Die Zellen werden versorgt. Lebensmittel, Möbel, Baumaterial, Arbeiter und Schulkinder werden heran gekarrt. Sie verbringen ihre Zeit in den Zellen der Stadt. Lassen dort ihre Arbeitszeit und ihre Lebensenergie zurück.

Grün.

Ein neuer Pulsschlag. Auch die Abfallprodukte dieses Organismus trägt der Strom wieder hinaus. Täglich bringen Müllautos den Schmutz, den die Menschen an den Straßenrand gestellt haben, fein säuberlich sortiert wieder aus der Stadt heraus. Jeden Schlag verfolgt sie mit ihrem Blick. Wie sie sich wohl fühlt, abgesehen von dieser Einsamkeit, die ihr faltiges Gesicht mit der dicken Brille ausstrahlt? Sie fühlt sich sicherlich wie Thomas, der junge Mann. Ein Individuum, das der Stadt und ihrem Lebensfluß dadurch dient, daß sie ihn wahrnimmt. Ein überschaubares, geordnetes Chaos.

Gelb.

Und wieder regelt das Lichtzeichen den Richtungsfluß der eisernen Blutzellen. Der junge Mann blickt auf das Fenster in die dahinter verborgene Leere. Die Leere der alten Frau. Eine Leere, die, wie er sich vorstellt, in jedem Menschen sein muß, dem nur noch der Blick auf dieses pulsierende, kranke Leben vergönnt ist.

Rot.

Das Blut steht. Die Gedanken des jungen Mannes verharren bei dem Bild, das er vor seinen Augen hat. Ein Vogel, der frei ist, sich diesen Tumor von oben zu betrachten. Frei von diesem kalten Smog atmenden Geschöpf. Sekunden werden zu Minuten. Er nimmt die einzelnen Fahrzeuge nicht mehr wahr. Nur noch den Strom des eisernen Blutes. Den Lichtzeichen geregelten Puls.

Gelb.

Ein weiterer Schlag kommt. Thomas faßt sich langsam an seine Halsschlagader. Da ist er, sein Puls. Er lebt. Er schaut weiterhin zum Fenster der alten Frau.

Grün.

Mit einem kräftigen Schlag fließt wieder Blut in dieser Ader. Es ist eine Bewegung, die der junge Mann wahrnimmt. Es ist nicht das Blut, das wallt, es ist die alte Frau. Ihr Blick wandert zu ihm. Sie wendet sich vom Strom ab und schaut zu Thomas. Sein Blick trifft den ihrigen. Sie nimmt ihn wahr und er nimmt sie wahr. Sie haben es durchschaut.

Die Liebesgeschichte

Es ist früh am Morgen und ich liege schon seit Stunden wach im Bett. Die Nacht war aufgewühlt und nur für wenige Momente ergriff mich der heilende, Ruhe bringende Schlaf. Mein Herz beginnt immer wieder zu rasen und ich glaube dann, daß ich keine Luft mehr bekommen werde. Ich ringe nach Atem, schwitze und wälze mich unruhig von einer Seite zur anderen. Suche den Widerstand, an den zu finden ich mich gewöhnt habe. Du bist es, die mir fehlt. Wenn ich nicht schlafen kann und dich dann beobachte, finde ich den Frieden, den du ausstrahlst, wenn du neben mir schläfst. Diese Nacht fand ich keine Ruhe, fand ich dich nicht. Du bist weit weg.

Aufstehen. Der Morgen graut und fröhlicher Vogelgesang kündigt einen ersehnten Tag an. Ich bin völlig erschöpft von der Nacht. Immerzu habe ich an dich denken müssen, an deinen wohlgeformten Körper, nach dem ich mich sehne, an die Wärme, die du verbreitest, dein Lächeln, wenn du mir einen Guten Morgen wünscht. Heute stehen wir getrennt auf.
Nackt steige ich mühsam aus dem Bett. Meine Glieder sind noch steif und fordern die Ruhe ein, die ich nicht finden konnte. Es fällt mir schwer. Wie benommen taumle ich aus

dem Zimmer im frühen Zwielicht, suche den Weg zum Bad. Ich stütze mich gähnend ab und mache Licht. Die Fließen sind kalt als ich den Hahn aufdrehe. Das Bad hat schon mal sauberer ausgesehen und es kommt mir sehr lang vor, bis endlich warmes Wasser aus der Brause kommt. Ich könnte ewig in dem Strahl heißen Wassers stehen. Ich denke daran, wie wir zusammen hier stehen könnten.

Den Rücken würde ich dir mit dem Schwamm einseifen, ganz behutsam. Deinen Rücken, auf dem sich die heißen Tropfen perlen, würde ich dir einreiben. Ich könnte mich nicht zurückhalten dich zu berühren. Die Fingerspitzen brennen dann wie Feuer, wenn ich dir mit meinen Nägeln leichte, lustvolle Striemen auf deine Haut lege. Meinen Handrücken würde ich an deiner Seite entlang fahren lassen. Die Duschkabine ist eng und du würdest dich mit deinen Händen an der Wand abstützen. Unsere Körper würden sich berühren. Meine Arme würde ich um dich legen und deinen Nacken küssen. Du sehnst dich danach, daß ich mit meiner Hand deine feste Brust ergreife und sich unsere nassen Körper berühren. Solch eine Nähe zu spüren bekommt uns gut.

Lange stehe ich unter dem Strahl und immer wieder muß ich den Hahn weiter aufdrehen, um die Temperatur zu halten. Irgendwann ist Schluß und es kommt nur noch ein Abklatsch heißen Wassers. Jetzt ist mir wärmer und ich trockne mich ab. Den Bademantel ziehe ich an und spüre noch meiner Erregung bei den Gedanken an dich nach.

Kaffe kochen. Etwas Wasser in den Topf lassen und ruhig zwei Teelöffel Pulver zuviel unterrühren. Während der Kaffee aufkocht, noch etwas Kardamom hinein mischen. Die Luft riecht schon nach dem herben Duft. Deine Haut riecht auch herb. Schnell trinke ich die zwei Tassen mitsamt einem großen Teil des Satzes aus. Ich hasse es zu frühstücken, nehme mir nur die allernötigste Zeit dafür und wenn ich alleine bin ohnehin. Man gewöhnt sich an den starken Geschmack, der in Kürze etwas Schwung bringen soll.
Ich habe nicht einmal Lust mir einen anderen Anzug aus dem Schrank zu holen und der Krawattenknoten will heute auch nicht gelingen. Was kein Muß ist, lasse ich heute weg. Krawatten magst du ohnehin nicht. Sie sind dir zu streng. Ich bin gerne streng. Genieße die Dominanz, die du mit deiner Leidenschaft und Zuneigung nur allzu schnell mir aus der Hand reißt. Oft ist es ein Wechselspiel. Wir schubsen uns leicht und necken uns, aber nicht zuviel. Es ist daran etwas Besonderes, wenn wir uns gegenseitig reizen. Ein leichter Schubs, eine Annäherung und sich dann ein wenig wegdrehen. Unser Verlangen schaukelt sich dann allmählich

immer höher. Es ist ein Balgen, bei dem wir beide Spaß daran haben, die kleinen Gelegenheiten auszunutzen, uns neckisch zu berühren. Ich packe dich dann oft an der Hüfte, nur um die feine Kante unterhalb deiner Brüste zu spüren. Manchmal sind wir auch direkter. Du preßt dann gerne deinen Schenkel zwischen meine, um die Lust, die mich erfaßt, zu spüren.

Arbeit. Ich quäle mich hin, nehme den Verkehr und das morgendliche Treiben der Leute gar nicht richtig wahr. Die Stunden werde ich auch noch aushalten. Mein Schreibtisch sieht schon seit Tagen aus, als ob eine Bombe im Büro eingeschlagen hätte. Überall liegen unstrukturiert Blätter herum. Wenigstens macht es zeitweise den Eindruck, man wäre mit etwas Wichtigem beschäftigt, wenn man hektisch in den Unterlagen nach einer verlorenen Notiz sucht. Eine Maskerade, die ich gerne aufrecht erhalte. Es ist etwas Ablenkung und ich verfalle dann nicht ständig den Gedanken, die mein Blut in Wallung bringen. Immer wieder drängen sie sich in den Vordergrund. Ein lustvolles Gefühl und dennoch eine gewisse Hast ist spürbar.
Zwischendurch etwas essen. Meinen Hunger kann ich eh nicht stillen. Er ist anderer Natur. Das können wir nur gemeinsam. Die Zeit geht einfach nicht vorbei und ich bekomme nichts auf die Reihe. Immer öfter

schaue ich starr aus dem Fenster und verliere mich in dem kräftigen Blau des herrlichen Wetters. Der Tag ist so lang und ich zähle jede Stunde. Auf der Toilette kann ich mich kaum noch im Gedanken an dich zurückhalten. Wenn ich mich an deinen Geruch erinnere und fast schon die festen, gekräuselten Haare zwischen meinen Fingern zu spüren glaube, wie manchmal, wenn du mich bei meinem frechen Griff unter deinen Rock mit deiner Lust überraschst. Ich platze dann schier, hole dreimal tief Luft, schüttel den Kopf und fasse mich wieder. Nur noch kurze Zeit und ich kann es fast nicht begreifen, wie ich die letzten Tage ohne dich zu spüren, dich in meinen Armen zu halten ausgehalten habe. Zum Glück habe ich heute eine enge Unterhose an. Meine Notlage könnte sonst schnell zu einer Peinlichkeit führen.

Feierabend. Ganz gemächlich leeren sich die Büros. In der letzten Stunde habe ich ohnehin noch weniger auf die Reihe bekommen als sonst. Dafür rast mein Herz jetzt wieder, wenn ich daran denke, dich in nur wenigen Stunden zusehen. Ein paar Dinge habe ich noch zu erledigen, für dich, für dein Wiederkommen. Blumen, Blumen sind ein gute Idee. In der Innenstadt gibt es einen sehr schönen Blumenladen. Dort haben sie Orchideen, so wie du sie immer gern hast - und Rosen. Der Laden riecht so betörend wie du, wenn du dich mit Parfüm in eine exotische Duftwolke hüllst. Ich stelle mir dich vor, wie du auf einem Bett voll dunkelroter Rosenblüten liegst. Du schnurrst wie ein Kätzchen, so gefällt es dir. Ich habe einen prächtigen Strauß für dich zusammengestellt. Es macht mich glücklich, wenn ich dir eine Freude bereiten kann. Du liebst die Blumen so sehr.

Bahnhof. Und irgendwie geht der letzte Tag ohne dich doch noch vorbei. Direkt vom Blumenladen aus gehe ich zum Bahnhof. Wie von Sinnen wandle ich meinen Weg durch die Innenstadt. Ich freue mich schon auf die kommenden Tage. Ich bin doch so neugierig, wie es dir auf deiner Reise erging. Sonst verreisen wir nur selten alleine und wenn doch, dann nur kurz. Sicher hast Du viele wundervolle Eindrücke erlebt. Unruhig stehe ich nun auf dem Bahnsteig und nehme die Anderen fast nicht wahr. Ich schaue immer wieder auf die Bahnhofsuhr. Der Sekundenzeiger wandert mir zu langsam umher. Ich bin natürlich eine gute halbe Stunde zu früh auf dem Bahnsteig und gehe unruhig auf und ab. Denke immer nur an dich. Ich freue mich, dich wieder in den Arm nehmen zu können und deine Stimme zu hören. Jetzt werden wir wieder viel Zeit füreinander haben. Mein Herz rast, wenn ich daran denke, wie der Zug um die leichte Kurve angefahren kommt und du mit ihm kommst. Mir zerreißt es fast die Brust. Unruhig rutsche ich auf der Bank hin und her. Die Minuten quälen sich durchs Stundenglas. Aber ich werde dich gleich ganz fest im Arm halten. Dort hinten kommt endlich der Zug.

Wissenschaftliches Arbeiten

Der Himmel ist von dichten, dunklen Wolken verhangen. Die Bäume biegen sich unter den immer wiederkehrenden Böen. Regen von einem der vielen Schauern des Tages prasselt gegen das Fenster. In der Wohnung ist es kalt und die Schreibtischlampe erhellt den Arbeitsplatz.
Die gesamte Fläche ist von ellenhohen Papierstapeln und antiken Büchern übersät. Die beiden Holzregale an der Wand sind bis oben hin mit jenen Büchern aufgefüllt, die im Moment nicht benötigt werden. Auf ihnen, um auch die wenigen Zentimeter zwischen den Oberkanten der Bücher und dem darüberliegenden Regalboden zu nutzen liegen abermals gestapelte, lose Papiere und Schnellhefter. Um dem akuten Platzmangel Herr zu werden, wird der Boden und der kleine Beistelltisch nunmehr schon seit einigen Monaten als Archiv genutzt. Auch das Telefon hat dem Papierberg weichen müssen und einen neuen Platz unter dem Schreibtisch gefunden. Es steht ganz hinten in der Ecke an der Wand neben dem Tischbein. Wenn es einmal klingeln sollte, sind enorme Verrenkungen nötig, um abzunehmen. Das letzte Mal war das vor fast einem Monat der Fall. Damals hat ein Mitarbeiter vom Institut angerufen, um nachzufragen, ob er in den kommenden

Tagen noch einmal vorbeischauen würde. Ein paar unwichtige Dinge seien liegen geblieben.

Zeit spielt für ihn jetzt nur noch eine untergeordnete Rolle und vermittelt nun lediglich noch den Datumswechsel. Er schläft, wenn er muß, auf dem von der Sonne vergilbten alten Sofa in der anderen Ecke des Arbeitszimmers. Das Bett im Schlafzimmer benutzt er zum Lagern der Wäsche, die ihm die Zugehfrau zweimal die Woche macht. Eine nach seinem Geschmack geschwätzige, aber zuverlässige und freundliche Frau, die nur wenige Blöcke entfernt wohnt.

Heute hat er wieder das Gefühl nicht mehr voranzukommen. Kurz nach dem Aufstehen und einer Tasse Instantkaffee war er noch frohen Mutes. In einer der unzähligen Akten hatte er eine kleine, unscheinbare Tabelle gefunden, die einige Details verriet, an die er noch nicht gedacht hatte. Ohne es zu merken, hat er sich in den vergangen drei Tagen verrannt. Immer wieder vergleicht er seine Statistiken und versucht einen möglichen Fehler zu finden, der möglicherweise das Phänomen erklären könnte. Irgendwo muß die Lösung ja stecken. Mit faltiger Stirn liest er nochmals eine Aufstellung nach. Nicht enden wollende Zahlenkolonnen, lediglich mit weiteren Buchungsnummern versehen. Dahinter steht dann ein meist fünfstelliges Buchstabenkürzel, aus dem der Kenner herauslesen kann zu welchem Vorgang die Buchung gehörte. Diese Tabellen und Daten vergleicht er aufs Penibelste mit den zugehörigen Berichten. Buchungsanweisungen, Verlaufsberichte, Protokolle, Prüfungsergebnisse, Bilanzen und Sekundärquellen werden von ihm herangezogen, um auch den kleinsten und anscheinend unwichtigsten Abweichungen auf den Grund zu gehen und Erklärungen hierfür zu finden. Erst vor zwei Tagen hatte er eine Abweichung von 0,03 gefunden, die sich nach intensiver Recherche aber als lapidarer Tippfehler herausstellte, der zumal schon in einem Bericht aufgeführt und angemahnt wurde, der wenige Tage später auch schon in einem erneuten Bericht korrigiert wurde.

Auf seinem Gebiet ist er seit Jahrzehnten ein angesehener Experte und international anerkannt. Noch vor wenigen Jahren war er alle paar Monate auf einem internationalen Kongreß. Heute hat er für solche Veranstaltungen nicht mehr die nötige Zeit, um sich ernsthaft auf einen Vortrag vorzubereiten. Die jüngeren Kollegen beschäftigen sich seiner Meinung nach ohnehin nicht mehr so intensiv mit der Materie und dem tieferen Sinn, wie er und seine älteren Kollegen dies tun. Die wissenschaftliche Reputation leidet enorm unter den jüngeren, die eine oberflächliche Publikation nach der anderen aus dem Boden

stampfen. Fast ausnahmslos sind dies nicht fundierte Behauptungen, denen wahrlich das Fundament fehlt, um auch in einer ernsthaften Diskussion standhalten zu können. Heißdüsen nennt er solche Wissenschaftler, insgeheim nur auf Erfolg aus und nicht auf die Wahrheit blickend. Immer darum bemüht mit den neusten technischen Mitteln die Fakten zu analysieren. EDV nennen sie das. Wie in aller Welt soll so ein Ding denn verstehen, was die Zahlen, Daten, Listen und Statistiken über das gesamte zu untersuchende Problem aussagen. Vom Ansatz her schon falsch sind solche Vorgehensweisen. Er verläßt sich da lieber auf seinen Menschenverstand und seine mathematischen Kenntnisse. Es geht darum, den tieferen Sinn der Materie zu erfassen und nicht den Überblick der Zusammenhänge zu verlieren. In den gesamten Jahren seiner wissenschaftlichen Laufbahn ist ihm so etwas nicht passiert. Er hatte noch nie Probleme damit, seine Arbeit zu rechtfertigen und schon gar nicht vor einer kritischen Öffentlichkeit, die schnell dabei ist, den Nutzen in Frage zu stellen. Dabei haben die doch ohnehin keine Ahnung. Wie soll man einem Nichtakademiker denn auch so etwas vermitteln?
Emeritiert ist er jetzt, doch dies sagt nichts aus. Sein wichtigstes Projekt bringt er noch zu Ende. Seit Jahren arbeitet er nun schon daran. Niemand sonst könnte dies jetzt noch

vollbringen, zu komplex ist die Materie geworden, um sie jemandem andern zu übergeben. Alleine die Einarbeitszeit würde schon Jahre dauern. Verlorene Jahre wären dies. Geschweige denn, daß er jemanden kenne würde, dem er so ein wichtiges Projekt anvertrauen würde. Seine Kollegen haben sich nie ernsthaft an die Materie gewagt und sich lieber mit kurzen Schilderungen und Analysen des Problems begnügt, anstatt wirklich eine Lösung und exakte Darstellung zu entwickeln. Zum Teil werden hierzu auch die absurdesten Theorien vertreten. Solchen Kollegen traut er es schlicht und einfach nicht zu, ein Projekt solchen Umfanges durchzustehen.

Worum es eigentlich in dem Projekt geht? Das wußte eigentlich nur er, der Professor, doch das hat er vor zwei Jahren vergessen.

Am Strand

Oliver, Carl und Micha sind seit Jahren schon unzertrennliche Freunde. Meist trifft man nur alle drei zusammen an. Und sollte man zufällig einmal nur auf einen der Drei stoßen, kann man sicher sein, die anderen sind nicht weit. Dessen kann man sich sicher sein.
Dieses Jahr ist der Sommer herrlich und die Schulferien begannen erst. Carl hatte zudem gestern endlich Geburtstag, seinen dreizehnten. Neben einem großen Gugelhupf mit kleinen gewunden, zweifarbigen Kerzen, einem Wörterbuch für Englisch von seiner Oma und einem Paar Hosenträgern, damit ihm auch sicher die noch zu großen Hosen seines älteren Bruders Torsten passen, hatte er von seinen Papa endlich den ersehnten Lenkdrachen bekommen, den er sich schon seit dem letzten Herbst gewünscht hatte.
Ein ganz modernes Modell ist er, dreieckig geschnitten, mit einem Gestell aus Kunststoff, das mehr Elastizität als bei den üblichen Holzgestellen verspricht. Der Bezug ist aus feinem Segeltuch, knallrot wie sein Model vom Doppeldecker des Roten Barons. Eines war sicher, von nun an hatten die Drei den schnellsten, wendigsten und beeindruckendsten Drachen im ganzen Ort. Bei heißer Schokolade und dem Gugelhupf wurden sofort die ersten Pläne geschmiedet.

Sobald der Wind stark genug sein sollte würde es losgehen.

Für alle drei war die vergangene Nacht viel zu lang gewesen. Unruhige Träume und Aufregung, wie denn nun am nächsten Tag das Wetter sein würde, ließ die Drei nur unruhig und kurz schlafen. Doch schon beim Frühstück war abzusehen, daß heute ein frischer, aber kräftiger Ostwind wehen würde. Wie abgemacht trafen sie sich aufgeregt bei Carl, um die nötigen Vorbereitungen zu treffen. Neben den obligatorischen Badesachen, zwei Flaschen zum Trinken und einer Stulle für jeden durfte die spezielle Transporttasche für den roten Drachen nicht fehlen. Es konnte losgehen, an den Strand.

Sehr genau hatten sie sich die Stelle überlegt, an der sie den neuen Drachen einweihen wollten, etwas außerhalb, nicht da wo viele Menschen sind. Erst mal im Stillen etwas üben, ein Gefühl für das rote Geschoß bekommen. Und genau das war der Drache. Schon bei mäßigem Wind ließ er sich schnell in die Höhe treiben. Auf Züge an den Lenkschnüren reagierte er abrupt, heftig und vor allem sehr schnell. Gerade dies machte die extreme Wendigkeit des Drachens aus. Mit der Zeit stellte sich ein gutes Fluggefühl ein. Mit atemberaubender Geschwindigkeit konnte man den Drachen nur knapp über dem Sand von einem Ende zum anderen der Windkante rasen lassen. Nur an der Kante ließ er sich wegen wechselnder Böen nicht ganz so leicht in der Schwebe halten. Den Jungs war gleich klar, mit diesem Drachen mußte man schnell und aggressiv über den Strand rasieren. Genug geübt waren sie nun und so langsam war es auch wieder Zeit, heim zum Mittagessen zu gehen. Sich noch einmal stärken, bevor es so richtig losgehen konnte.

Am Mittag trafen sie sich dann an der hohen Promenade, direkt vor dem Café Mayer, wo die Treppe zum Strand hinunter ist. Von dort aus war der nun belebte Hauptstrand des Kurortes gut zu überblicken. Ein paar fremde Kinder ließen etwas abseits selbst einen Drachen steigen. Der war keine Konkurrenz. Oscar aus der nächst höheren Klassenstufe hingegen und sein Kumpel schon eher, doch von denen war jetzt in der Mittagssonne nichts zu sehen.
In der Mitte der Bucht waren die Strandkörbe der Hotels und Pensionen aufgestellt. Zum Ende des Strandes hingegen waren nur wenige Touristen, die sich auf Strandmatten und Badetüchern niedergelassen hatten. Dann kommen die ersten, leicht erhöhten Dünen. Dort wollten sie sich in Position bringen und marschierten drauf los. Es ist besonders wichtig, das Terrain zu kennen. Vor allem aber muß die

Lage der Badegäste gut abgeschätzt werden. Für den Drachen hatten die Drei einen stolzen Aktionsradius von rund achtzig Metern, mehr als man wirklich hier braucht. Das übertraf die lächerlichen Spielzeugdrachen der fremden Kinder um ein Vielfaches. Auf der Düne angekommen, wurden die knapp eineinhalb Meter Spannweite des Geschosses montiert. Der Wind stand wirklich optimal und die Drei waren sehr aufgeregt. Heute machte ihnen auch niemand den Platz streitig. Auf den entfernten Wellen waren jetzt sogar Schaumkronen zu sehen.

Langsam wurde der Drachen in die Höhe gelassen. Mehr verspielt als das verratend, was bald folgen sollte. Kurz darauf war der Rote gute dreißig Meter hoch und die ersten schnellen Kurven von einem Ende der Windkante zur anderen wurden gezogen. Ab und zu ein Looping ziehen und den Drachen schnell nach unten sausen lassen. Ganz gerecht wurde abgewechselt, jeder durfte mal. Und immer mehr Leine wurde dem Drachen gegeben. Zuletzt soviel, daß er im Tiefflug über den Wellen dahin sauste. Taktisch geschickt wurde nur die den Badegästen abgewandte Seite des Strandes genutzt. Das sollte sich nun ändern. Die Jagd begann. Gekonnt ließ Carl den Drachen am anderen Ende in Position gehen – zehn Meter Höhe. Das reichte für den ersten Angriff. Dann ging es los. Er ließ dem Geschoß mit der linken Leine mehr Raum. Mit einem Ruck beschleunigte der Drache und brummte wie ein tief fliegendes, heulendes Flugzeug. Mit irrer Geschwindigkeit flog der Drache nur zwei Meter erst über die Wellen hinweg immer näher ans Ufer um fast neunzig Grad seines Halbkreises mit tosendem, angsteinflößendem Lärm über die ersten Köpfe der Badegäste hinweg zu fegen. Der erste Schlag war gleich ein voller Erfolg. Ein Mann warf sich erschrocken auf den Sand.

Die Badegäste merkten es erst viel zu spät, daß der Drache so hoch war und ihnen dann im Tiefflug doch so gefährlich nahe kommen konnte. Jetzt wußten sie es und sie regten sich.

Der Drache kam am Wendepunkt an und wurde von Carl gewendet. Der Mann, der sich gerade erst wieder aufgestellt hatte, duckte sich wieder und einer Familie wurde es ganz anders. Dieser Teil des Strandes gehörte nun den Dreien. Jeder, der sich auf den Weg machen würde, ihnen das Handwerk zu legen, müßte nun erst wieder zum Café Mayer zurücklaufen und über die Promenade kommen. Vom Wasser bis zur Betonwand war nun kein Durchkommen mehr. Die schnittigen Leinen würden jedem den Versuch ausreden.

Noch verharrten einige Badegäste, doch der Mann hatte sich schon aus dem Gefahrenkreis heraus begeben. Bei der Familie und einigen anderen Gästen war jetzt

Unruhe zu bemerken. Noch ein paarmal eng über deren Köpfe sausen und sie würden schon einsehen, daß sie sich zu verziehen haben, die Touristen. Der Familienvater rief etwas herüber, doch das Brausen des Drachens verschluckte seinen Protest. Und wenn er auf die blödsinnige Idee gekommen wäre, sich zur Düne aufzumachen, die heulenden Leinen hätten ihn schon eines Besseren belehrt: bisher hatte sich nur einmal ein Touri aufgemacht, dem Konkurrenten Oscar über die Promenade zu Leibe zu rücken. Das war letztes Jahr und hat einen mächtigen Ärger gegeben. So etwas passiert aber nur selten. Das Terrain war gesichert und nun machte es nur noch irren Spaß solange knapp über die Leute hinweg zu brausen, bis auch die Letzten aufgegeben hatten und sich weiter zu den Strandkörben hin in Sicherheit begaben.

Hin und her sauste der Drache und sein Dröhnen erfüllte die Luft über dem Sand.
Zonk! Auf einen Schlag verstummte das Brummen und Flattern des Roten. Carl konnte seinen Drachen in einer heftigen Böe nicht mehr halten. Wie eine angeschossene Ente trudelte er über den Strand hinweg, die Leinen hinter sich herziehend, direkt aufs Café Mayer zu! Von der Ferne sah man die verdutzten Gesichter der Gäste bei Kaffee und Kuchen, kurz vor dem Aufschlag. Klirren und Geschrei war zu hören, bis der Rote

endlich hinter der zerbrochenen Panorama-
scheibe zum Stillstand gekommen war. Nix
wie weg! Und die Drei gingen stiften.